LA SPOSA SFRONTATA

SERIE SUI MÉNAGE DI BRIDGEWATER - 8

VANESSA VALE

Copyright © 2019 by Vanessa Vale

Tutti i diritti riservati. Nessuna parte di questo libro può essere riprodotta o trasmessa in qualunque forma o mezzo, elettrico, digitale o meccanico, incluso ma non limitato alla fotocopia, la registrazione, la scannerizzazione o qualunque altro mezzo di salvataggio dati o sistema di recupero senza previa autorizzazione scritta da parte dell'autore.

Vale, Vanessa
Titolo originale: Their Stolen Bride

Cover design: Bridger Media
Cover graphic: Fotolia, deberarr; Hot Damn Stock

ISCRIVITI ALLA NEWSLETTER

Unisciti alla mailing list per essere informato per primo su nuove uscite, libri gratuiti, premi speciali e altri omaggi dell'autore.

http://vanessavaleauthor.com/v/db

PROLOGO

 BIGAIL

«La uccido subito-» Paul Grimsby caricò la pistola, facendomi trasalire con quel rumore. «-oppure puoi salvarla. Decidi tu.»

Aveva l'espressione di un uomo con cui era meglio non scherzare. Alto e snello, sembrava essere stato allungato su uno strumento di tortura medievale. I suoi capelli ricci erano ben impomatati e il taglio del suo abito era all'ultima moda. Tuttavia, era tutto meno che un gentiluomo. Specialmente dal momento che stava puntando una pistola alla testa della mia amica.

Lanciai un'occhiata da sopra la mia spalla all'uomo che stava bloccando l'unica uscita da quella stanza, uno dei leccapiedi rozzi e mastodontici del signor Grimsby.

«Cosa... cos'è che volete da me, esattamente?» Avevo la voce acuta per via del nervosismo. Il sudore mi colava tra i seni. Mi torturai le mani, mentre le ginocchia praticamente mi si scontravano tremando. Non ero stata invitata a casa del signor Grimsby, ero stata *accompagnata* dall'uomo alla porta e da un altro che era sparito da qualche parte nella grande abitazione. Il viaggio attraverso Butte dalla mia scuola di élite era stato solamente di una decina di isolati, ma mi era sembrato interminabile. Avevo trascorso quel tempo a pensare ad un modo in cui fuggire. Stavo camminando lungo una via affollata; urlare che fossi stata rapita era in cima alla lista di opzioni. Tuttavia, i due sgherri che mi stavano ai lati mi avevano avvertita che se anche solo avessi salutato con la mano qualcuno per strada, la mia compagna di scuola Tennessee Bennett sarebbe stata uccisa.

Mi ricordavo della prima volta in cui l'avevo conosciuta, commentando il suo nome insolito. Lei aveva detto che i suoi genitori avevano dato a lei e alle sue due sorelle i nomi di alcuni stati. Georgia e Virginia erano dei bei nomi, ma a lei era toccato Tennessee, piuttosto lungo da pronunciare.

«Soldi, ovviamente,» rispose lui in tono piatto. Un orologio sul caminetto segnò l'ora. Quella stanza era così civile, tuttavia la conversazione non lo era affatto.

Sembrava che il signor Grimsby avesse tutte le intenzioni di farlo. Di uccidere Tennessee, cioè. Inaspettatamente, aveva già ucciso suo padre, che era venuto in città per la cerimonia di diploma della scuola e per riaccompagnarla nel Nord Dakota. Il signor Grimsby non conosceva rimorso, non aveva coscienza. Lanciai un'occhiata a Tennessee, seduta rigidamente su una sedia dallo schienale alto, il suo viso solitamente luminoso che adesso era bianco come un lenzuolo. Mi guardava con occhi imploranti, le lacrime che le scendevano lungo le guance. Si era infilata da sola in quella situazione e, senza volerlo, mi aveva trascinata con sé. Impaziente di trovare un pretendente, si era mostrata sfrontata nelle sue attenzioni verso il signor Grimsby, uno degli uomini d'affari più ricchi e di successo della città. Non solo era pieno di soldi, ma anche attraente – lei lo considerava tale, mentre io lo trovavo piuttosto sgradevole – e, cosa più importante, scapolo.

Avida di denaro più che di amore, aveva desiderato trovarsi un marito ricco, ma aveva mentito al signor Grimsby riguardo la situazione finanziaria e sociale della sua famiglia fin dall'inizio. Lei non era un'ereditiera ferroviaria come aveva detto, era semplicemente la secondogenita di un banchiere di Fargo. Quella maschera era abbastanza innocente e veniva indossata da diverse donne nel tempo per migliorare la propria situazione, ma il signor Grimsby sembrava non desiderare l'inesistente eredità di Tennessee più della donna stessa. Pareva che nemmeno lui fosse tanto ricco quanto sembrava. Se non fosse stato un pazzo, sarebbero stati una bella coppia. Tuttavia, quando la verità circa la perfidia di Tennessee era saltata fuori, lui si era infuriato; il cadavere del padre di lei lasciato per strada e l'occhio nero sul volto di Tennessee ne erano una prova.

Nonché la pistola che aveva puntata alla testa.

«Non ho soldi,» risposi, leccandomi le labbra.

«Non hai chissà che aspetto, ma i soldi ce li hai.»

Lo sguardo del signor Grimsby si assottigliò fissandosi sulla mia guancia con un'espressione simile alla repulsione e tremò di rabbia. Io ero abituata ad essere tormentata dalla mia cicatrice, ma ero felice che lui non avesse provato alcun genere di attrazione nei miei confronti come aveva fatto con Tennessee. Lei era bellissima, posata e gentile. «Conosco il tuo background, tuo fratello. Puoi anche non avere i contanti a portata di mano, ma lui possiede uno dei più grandi ranch in questa zona del Territorio.»

Ero sorpresa che non stesse constringendo *me* a sposarlo invece della mia amica. Se avesse voluto così tanto i soldi, avrebbe chiuso un occhio sulla cicatrice. Eppure no. Era troppo vanitoso per una come me e voleva una sposa bella.

Tennessee. Non me. Per una volta, ero contenta di essere stata sfigurata.

«Terreni e bestiame. È tutto ciò che possiede,» replicai io. «Non posso portarvi una mucca.»

Mi morsi un labbro, consapevole che non fosse la cosa giusta da dire, dal momento che, per quanto avesse abbassato la pistola dalla testa di Tennessee, azzerò la distanza tra di noi e mi afferrò per un braccio. Urlai per via della sua stretta crudele. Feci una smorfia.

«Non voglio una fottuta mucca,» sibilò, sputacchiando. «Voglio dei soldi o qualcosa da vendere *per soldi*.»

«D'accordo,» risposi. Che altro avrei potuto dire? Aveva ucciso il padre di Tennessee per punirla delle sue menzogne. Cosa lo stava trattenendo dal puntarmi la pistola alla testa e premere il grilletto? «Io... vi porterò qualcosa da vendere.»

Lui mi lasciò andare, ripulendosi la bocca col dorso della mano che teneva la pistola.

«Hai una settimana.» Si voltò e indicò Tennessee, che adesso piangeva disperatamente. «Una settimana dopodichè la uccido.»

Annuii senza quasi rendermente conto, il cuore che batteva all'impazzata. Avevo avuto intenzione di tornare a casa in ogni caso ora che mi ero diplomata. Non ero certa di come sarei stata in grado di tornarvi, ma me ne sarei preoccupata più tardi.

«Se non tornerai, i miei uomini ti troveranno.» Mi agitò la pistola davanti alla faccia e i miei occhi seguirono quell'arma letale.

Indietreggiai di un passo. Lui non fece nulla, per cui io ne feci un altro ancora, esitante, poi un altro, col timore di voltargli le spalle. Tennessee stava ancora piangendo.

«Non lasciarmi qui!» gridò, allungando una mano verso di me affinchè potessi prendergliela.

Mi faceva male lasciarla lì, ma se volevo salvarla, dovevo

andare. Sentii la porta aprirsi e fu solo allora che mi voltai. Lo sgherro mi tenne la porta aperta e mi scortò in strada, i singhiozzi della mia amica che ci seguivano. Dovevo aiutarla. Dovevo tornare a casa e trovare qualcosa da poter riportare così da soddisfare il signor Grimsby. Qualcosa che a James non sarebbe mancato. Altrimenti, lei sarebbe morta. E se non l'avessi fatto nel giro di una settimana, lui avrebbe mandato qualcuno a caccia di mio fratello. Da bambina l'avevo salvato. Non potevo lasciarlo morire adesso.

1

 BIGAIL

Avrei dovuto guardare la sposa e lo sposo mentre si trovavano in piedi di fronte al ministro, a recitare le loro promesse. Theresa era adorabile nel suo abito bianco, il volto radioso per via di una felicità che sembrava provenire da dentro. Amava Emmett, non ne avevo dubbi. Il sentimento era reciproco, a giudicare dal modo in cui il "sì" dell'enorme rancher gli rimase un po' strozzato in gola.

Avrei dovuto guardarli, mentre si scambiavano il primo bacio da coppia sposata, ma il mio sguardo era attratto dal belissimo duo, Gabe e Tucker Landry. I fratelli erano seduti assieme dall'altra parte del corridoio centrale e due file davanti a me con gli altri di Bridgewater. Non riuscivo a vedere nulla al di sotto delle loro spalle ampie, ma i loro capelli erano ben pettinati, le camicie ordinate e appena pulite.

Quell'opportunità per guardarli così a lungo non mi

veniva offerta tanto spesso ed io sospirai, assimilando i loro profili scolpiti; Tucker era rasato, mentre Gabe aveva una barba ben colta.

Mi trovavo a Butte da due anni e non li avevo mai visti per tutto quel tempo, se non altro non fino al picnic del giorno prima. Il mio interesse nei loro confronti non era una cosa che potessi condividere. Li avevo consciuti quando avevo quattordici anni, e dire che si fosse trattato di una cotta immediata sarebbe stato un bell'eufemismo. Tuttavia, loro erano più grandi di me almeno di dieci anni, e per quanto solleciti, mi avevano a malapena degnata di uno sguardo. E così io li avevo sognati, li avevo osservati da lontano con lo sguardo di una ragazzina appassionata. Non avevo raccontato a nessuno dei miei sentimenti nei loro confronti. Con così tanti vicini pettegoli in quella piccola cittadina, non potevo rischiare che scoprissero la verità. Una quattordicenne con una cotta. Sarebbe stato mortificante.

Tuttavia non ero più una ragazzina e il mio interesse nei loro confronti non era svanito in tutti quegli anni. Non li avevo visti tanto spesso, ma ogni uomo che avessi mai incontrato, l'avevo paragonato a loro. Dovevo ancora incontrare qualcuno in grado di reggere il confronto. E adesso che avevo diciannove anni, pensavo a loro in modi nuovi. Modi carnali. Modi scandalosi. Sfortunatamente, non potevo fare nulla per quella... attrazione che provavo nei loro confronti. Non ero una donna sfacciata, come Tennessee, e di certo avevo imparato da lei che cosa accadeva comportandosi a quel modo. Dovevo pensare al mio ritorno come a una cosa temporanea perché dovevo preoccuparmi di più di salvare la sua vita piuttosto che a come mi facesse battere il cuore e indurire i capezzoli il solo guardare quei due uomini.

Tuttavia, con loro seduti davanti a me, colsi quella rara occasione. Non li guardai solamente. Li fissai, ci sbavai perfino dietro, e sognai. Sognai un giorno di trovarmi in piedi assieme a loro a recitare le promesse nuziali come Theresa ed Emmett.

Un Landry era biondo, l'altro moro. Uno robusto, l'altro snello. Uno mite, l'altro pensieroso. Non avrei dovuto desiderare due uomini tanto diversi, eppure era così. Al mio cuore non si comandava ed era quello il problema principale. Era stato immediato, l'interesse che avevo provato per loro da giovane. Ogni volta che li avevo visti da allora, era stato come se il mio cuore avesse perso un battito. Ma non avendoli visti per tanto tempo, il desiderio per loro era stato immediato. Intenso. Non avevo mai provato nulla di simile in passato. Potevo ammirarli, dal momento che non erano per niente brutti a vedersi. Erano più che bellissimi. Mi avevano infiammato il corpo ogni volta che avevano lanciato uno sguardo nella mia direzione il giorno prima al picnic. Di sicuro ogni donna in paese si sentiva come me.

Volevo sentire quanto fosse morbida la barba di Gabe sotto le mie dita. Volevo sapere quanto fossero dure le spalle muscolose di Tucker. Volevo sentire la voce profonda di Gabe sussurrarmi all'orecchio come mi avrebbe rivendicata. Volevo il corpo robusto di Tucker che mi teneva ferma sotto di sé. Mi agitai sulla panca dura, dal momento che avevo il corpo che fremeva di desiderio, un desiderio che non avevo mai soddisfatto. Eppure ero disposta a placarlo con i fratelli Landry.

Più tardi quella notte, pensai a loro senza freni. Solamente la sera prima, mi ero sollevata l'orlo della camicia da notte, avevo allargato le cosce e mi ero toccata. Pensai alle loro mani grandi e mi immaginai che fossero le loro dita a scivolarmi dentro, a scorrere sulle mie labbra bagnate. Ebbi un orgasmo, il corpo teso e travolto dal piacere mentre sussurravo i loro nomi al buio. No, quella non era un'infatuazione da ragazzina. Non più.

Come se avessero sentito il mio sguardo ardente su di

loro, voltarono la testa e mi guardarono. Me! Gli occhi scuri di Gabe trafissero i miei mentre quelli di Tucker scendevano sulla mia bocca. Fu palese e il mio cuore perse un battito. Riuscivano a vedere ciò a cui stavo pensando come se mi fosse stato scritto in volto? Sapevano che li desideravo in maniera quasi disperata? Riuscivano a percepire che li avevo sfruttati per le mie fantasie più illecite? Quando Tucker mi fece l'occhiolino, io trasalii. Sperando che quel verso non fosse stato troppo forte, mi portai le dita alla bocca, giusto per scrupolo.

James, seduto accanto a me, mi lanciò uno sguardo. Offrii a mio fratello un sorriso rassicurante mentre tutti applaudivano i novelli sposi che camminavano lungo la navata.

«Quella protresti essere tu, molto presto,» mi disse James sovrastando il rumore, dandomi una pacca sul dorso della mano.

Per un secondo, pensai che si stesse riferendo ai Landry, ma poi mi ricordai la verità. No, la menzogna. La menzogna cui avevo dato il via al picnic. Ero tornata da Butte solamente il giorno prima. James non mi aveva permesso di viaggiare da sola, per cui avevo atteso dopo il diploma la famiglia Smith, una famiglia del posto che si sarebbe offerta di accompagnarmi. Mi ero resa conto che, se invece di attendere, fossi andata da sola come avrei voluto, mi sarei trovata lontano da Butte e avrei evitato tutto quel casino con Tennessee. Non avrei dovuto mentire, non avrei dovuto temere per la mia amica e nemmeno per James. Adesso, dovevo tornare a Butte. Con dei soldi. In qualche modo.

A parte Natale, era la prima volta che tornavo nei due anni da quando James mi aveva mandata a scuola. All'età di diciassette anni, ero stata un po' meno per bene di quanto gli sarebbe piaciuto, considerando che ero stata cresciuta su un ranch con lui a farmi da genitore. Aveva voluto che attirassi un marito, ma io sapevo che la mia cicatrice avrebbe dissuaso qualsiasi uomo dal corteggiarmi. Invece, la scuola mi aveva tenuta nascosta da qualsiasi prospettiva. Per questo mi accigliai di fronte al commento di James prima di ricordarmi.

La menzogna.

Al picnic, le donne della mia età si erano radunate attorno al tavolo dei dolci e avevano parlato dei loro nuovi mariti o spasimanti. A differenza loro, io avevo vissuto un'esistenza protetta a scuola – sotto insistenza di James – e nessun uomo, a parte l'insegnante di pianoforte, aveva mai messo piede nell'edificio, figuriamoci corteggiarmi. Non potevo parlare di un uomo tutto mio.

Tuttavia, avrei avuto bisogno di una ragione per tornare a Butte tanto in fretta dopo essere tornata a casa. Un corteggiatore avrebbe mantenuto il mio legame con quella città, dandomi motivo di tornare impazientemente lì per poi salvare Tennessee. Una volta che la crisi si fosse risolta, avrei potuto semplicemente sostenere di aver rotto il fidanzamento. Nessuno avrebbe saputo la verità ed io non avrei mai più dovuto tornare in quella città.

Con le ragazze che chiacchieravano insistentemente di quanto fossero felici, avevo detto quella menzogna, di un uomo a Butte. Loro inizialmente mi avevano guardata sorprese, poi felici. Io ero quella semplice, quella senza madre, senza sorelle. Un volto banale con una cicatrice sgradevole. Acconciavo i capelli in una treccia semplice, indossavo abiti semplici. Ero timida. La scuola mi aveva insegnato come cantare a un bel concerto e pianificare un pranzo per quindici persone, ma uomini? Non avevo idea di cosa stessi facendo.

Mi ero trovata ai margini del gruppo fino a quel momento, ma loro mi avevano attirata avidamente in mezzo facendomi domande circa l'uomo che mi ero accaparrata. Avevo immaginato che mi avrebbero semplicemente risposto un "Che bello" di sfuggita e che la questione si sarebbe chiusa lì. Non mi ero aspettata che si mostrassero tanto felici per me, tanto curiose nei suoi confronti. Era incredibile come una piccola frottola prendesse vita da sola. Si era fatta strada tra il picnic e, una volta giunti al tramonto, tutti in città, incluso mio fratello, credevano che io avessi uno spasimante di nome Aaron Wakefield. La mia scusa per tornarmene a Butte aveva delle solide fondamenta.

Fu una sensazione dolceamara vedere James così felice per me, dal momento che lui voleva solamente il meglio per me, e nello specifico voleva vedermi sposata con un brav'uomo. La sua felicità, tuttavia, era infondata e basata su una menzogna ed io bramavo ardentemente raccontargli la verità, che la mia amica veniva tenuta in ostaggio e che io dovevo consegnare i soldi. Tuttavia lui mi avrebbe presto odiata per avergli rubato qualcosa. Mentire riguardo ad uno spasimante era cosa di poco conto, a confronto.

Desideravo fortemente dirgli del signor Grimsby, ma sarebbe corso a Butte a minacciarlo. Avrei preferito farmi odiare per aver rubato piuttosto che il signor Grimsby gli sparasse. Il padre di Tennessee era stato ucciso a sangue freddo. Non potevo fare nulla che mettesse James in periolo. Vivo e infuriato era meglio che morto. Avrei potuto conviverci. Eppure non volevo nemmeno che mi odiasse.

Era il mio unico parente; i nostri genitori erano morti in un incendio quando io ero piccola – e quando mi ero fatta quella cicatrice – e lui mi aveva cresciuta da solo. Non avevo detto nulla quando aveva acquistato un ranch e ci aveva fatti trasferire da Omaha per ricominciare da zero. Non mi ero lamentata quando mi aveva spedita a Butte per la scuola dal momento che stava facendo ciò che riteneva giusto. Forse mi aveva protetta sin dall'inizo dalle persone crudeli, quelle che mi ritenevano sfigurata. Brutta. Come aveva detto il signor Grimsby.

Fino ai Landry nella chiesa. I loro occhi su di me mi avevano fatta sentire tutto meno che brutta.

E quando vennero verso me e James attraverso il cortile della chiesa, avrei voluto dire loro che ero libera, libera di farmi corteggiare, libera di amare. Avevo messo in mezzo un uomo che io stessa mi ero inventata e non vedevo l'ora di dire loro la verità.

Erano così belli che avrei voluto saltare tra le braccia di Gabe e baciarlo, mentre Tucker mi accarezzava la schiena, sussurrandomi parole private e carnali all'orecchio. Avrei voluto che mi avessero presa per mano e mi avessero trascinata fino al fiume per baciarmi con passione.

2

 BIGAIL

«Uno dei Landry sarebbe un buon marito,» commentò James, avvicinandosi. Ovviamente, non sapeva la verità su Bridgewater, dove due uomini sposavano una donna sola. «Ma tu hai il tuo Aaron.»

Mi si contrasse lo stomaco. «Già,» risposi. Se non mi fossi inventata uno stupido spasimante, avrei potuto dire a James del mio interesse in *entrambi* i Landry, dal momento che si sarebbero sposati una donna insieme. Dal momento che lui li conosceva da anni e che erano amici, dovetti immaginare che li avrebbe approvati come pretendenti. Come... qualcosa di più. «Ad ogni modo, sei un bel combinatore di incontri,» aggiunsi, quando lui si mostrò preoccupato. Chiaramente aveva sentito il mio tono abbattuto quando aveva accennato ad Aaron.

«Voglio vederti felice, e ciò significa sposata.»

Non c'era molto altro che una donna potesse fare da

quelle parti del Territorio del Montana a parte sposarsi. Avere dei figli. E lui era protettivo nei miei confronti, sin dall'incendio. Era un buon fratello maggiore, seppur esageratamente iperprotettivo, ma mi aveva vista ferita abbastanza e non solo fisicamente.

«Il tuo posto non è al ranch con me e gli uomini. A nasconderti.»

Non ero stata al ranch per due anni. Avevo sempre avuto la sensazione che mi avesse mandata a scuola per farmici nascondere, ma non gli dissi nulla del genere. Ciò che io chiamavo nascondermi era la sua iperprotettività che affiorava.

Adoravo mio fratello e mi piaceva trovarmi al ranch. Era casa mia e quasi tutto ciò che ricordavo. Ma ero d'accordo con lui. Non era più il mio posto, stare lì ad occuparmi della casa. Bramavo averne una mia, dei figli, un uomo col quale condividere il tutto. Quando i Landry si fermarono davanti a noi, mi resi conto che avrei voluto condividere quel sogno non con un uomo, ma con due.

Loro mi rivolsero un cenno di saluto col cappello prima di stringere la mano di James.

Mentre Gabe e James parlavano di una cavalla che stava partorendo, Tucker mi fece l'occhiolino – di nuovo!

«Sei amica di Theresa, dunque?» mi chiese. La maggior parte delle persone studiava la cicatrice che avevo sulla guancia destra, ma lui non lo fece. I suoi occhi chiari erano fissi nei miei e non si muovevano. Per quanto la sua domanda avesse l'intento di fare semplice conversazione, fui grata del fatto che avesse cominciato lui a parlare. La maggior parte degli uomini mi evitava proprio, forse per paura che la mia vecchia ferita potesse essere contagiosa.

«Sì,» risposi, così nervosa che le ginocchia praticamente mi tremavano.

«Credo che tu conosca anche alcune delle donne di Bridgewater?» Inclinò appena la testa. Con la mandibola marcata e le labbra piene, era difficile guardarlo negli occhi mentre parlava.

Sapevo che non avrei potuto semplicemente dire di nuovo di sì altrimenti mi avrebbe ritenuta del tutto stupida e incapace di formulare delle frasi di senso compiuto. «Laurel ed Olivia mi hanno aiutata con le decorazioni per il picnic.»

«Sei felice di essere tornata con tuo fratello?» Concentrata sul sole che coglieva dei riflessi dorati nei suoi capelli biondi, quasi mi dimenticai della sua domanda. Avevo chiuso con casa e scuola. A parte tornare a salvare Tennessee, una volta che avessi dato al signor Grimsby i suoi soldi, l'avrei fatta finita con Butte per sempre.

James e Gabe terminarono la propria conversazione e rimasero in attesa della mia risposta. Io lanciai una breve occhiata a Gabe attraverso le ciglia abbassate, il suo sguardo scuro fisso su di me. Ci volle tutta la mia forza di volontà per non guardare la sua bocca e chiedermi se la sua barba mi avrebbe punta quando – no, se – mi avesse baciata.

«Oh, um...» Mi resi conto che stavano aspettando una risposta. «Oh, sì. Mi era mancato questo posto.»

«Eppure ho sentito dire che potresti tornare a Butte,» disse Gabe, la voce profonda, lenta e costante. «Per sposarti e sistemarti.»

Dove l'aveva sentito dire? Non avevo detto a nessuno che sarei tornata a Butte nei prossimi giorni, ma poi riflettei sulle parole di Gabe.

«Sposarmi e sistemarmI?» ripetei. Non mi interessava affatto Butte. Sarei tornata solo il tempo necessario ad aiutare Tennessee, ma di certo non per sistemarmi là in maniera permanente. Speravo di non doverci mai più rimettere piede.

James rise e alzò una mano. «Questi piani di sposare

l'uomo a Butte sono una novità. Io non l'ho ancora nemmeno conosciuto.»

Ci voltammo tutti quando sentimmo qualcuno chiamare James per nome. Il signor Bjorn, l'uomo la cui proprietà confinava con la nostra sul lato sud, gli fece cenno con la mano di raggiungerlo. James si scusò.

Lo guardai allontanarsi e quando tornai a voltarmi verso Gabe e Tucker, loro mi sembrarono più vicini. Avevano fatto un passo verso di me? Sollevai il mento per guardarli e mi resi conto che potevano vedere chiaramente la mia cicatrice. Con molta pratica, voltai leggermente la testa verso destra per nasconderla. I loro occhi chiari e scuri erano così intensi che dovetti deglutire di nuovo e distogliere lo sguardo. Sapevano che mi facevano effetto? Riuscivano a vedere che avevo i capezzoli duri sotto il corsetto? Riuscivano a distinguere il battito frenetico del mio cuore nella vena sul mio collo?

«C'è qualcosa che non va col tuo fidanzato che non hai raccontato a James?» mi chiese Gabe.

«Fidanzato?» squittii io, fissandoli apertamente. La prima volta che avevo raccontato quella storia alle donne, avevo detto che Aaron aveva del potenziale. Nulla più. Giusto quel che bastava a farlo sembrare reale. Ma ora, un fidanzato? «Non sono... voglio dire, non è vero.»

Tucker piegò di nuovo la testa di lato. «Che non è il tuo fidanzato?»

No, tutto quanto. Ma non potevo dirlo. «Non siamo promessi sposi.»

Entrambi mi fissarono attentamente.

«Ti ha fatto del male? Hai paura di lui?» domandò Gabe.

Sembrava pronto ad andare a Butte per prendere a pugni Aaron. Se mai fosse esistito. Fui travolta da una bella sensazione di calore per via della sua preoccupazione. A parte James, nessuno mi aveva mai difesa prima di allora.

«Cosa? No,» risposi. «Lui... è a posto.»

Tucker grugnì e incrociò le braccia al petto. «La tua amica Theresa pensa che il suo nuovo marito sia un tipo *a posto*?»

No, certo che no. Lei praticamente venerava quell'uomo.

«Non è la stessa cosa.» Theresa amava Emmett, mentre io... mi ero inventata qualcuno. Come potevo provare dei sentimenti per una persona che non esisteva?

Gabe inarcò un sopracciglio scuro. «Oh? Che cosa prova il tuo uomo per te?»

Mi sentivo esposta e le loro domande mi punzecchiavano, come se avessero preso a stuzzicarmi una ferita con un bastone. Invece di affrontare la realtà, giocai in difesa per deviare il discorso. Raddrizzai la schiena. «Si tratta di una domanda piuttosto personale.»

Gabe si sporse leggermente in avanti. «Un uomo dovrebbe desiderare disperatamente la propria donna. Dovrebbe perdere la testa quando si trova con lei. Dentro di lei. Sopra di lei.»

Mascherai un gemito con un finto colpo di tosse. Sopra di lei? Ossignore, le parole di quell'uomo mi facevano di tutto meno che sciogliermi. Erano volgari e sfacciate. Audaci per uno che mi conosceva a malapena. Eppure, non mi sentivo offesa. Ero eccitata.

«Sì, mio fratello ha ragione,» aggiunse Tucker. «La nostra donna saprebbe, con assoluta certezza, di essere il centro del nostro mondo e noi realizzeremmo ogni suo desiderio.»

La *nostra* donna. Sì, confermava il fatto che avrebbero rivendicato una donna insieme. Ah, come avrei voluto poter essere io.

E avrebbero potuto farlo. Non avevo dubbi che avrebbero potuto soddisfare ogni mia necessità, perfino se non avessi saputo quali fossero. Volevo semplicemente... sentire. Sentire le loro mani su di me, le loro labbra. Volevo essere circondata, sopraffatta. Presa.

«Parlate a sproposito,» risposi, cercando di sembrare modesta quando invece non vedevo l'ora di sentire altro.

«Davvero? E dov'è Aaron?» mi chiese Gabe, guardandosi attorno in cerca di quell'uomo come se si fosse nascosto dietro ad un albero. «È venuto a trovarti da quando sei tornata?»

Scossi la testa. «No, è stato impegnato. E poi, sono a casa solamente da un paio di giorni.»

Avevo altri cinque giorni per fare ritorno con i soldi per il signor Grimsby.

«Se fossi nostra, non ti permetteremmo di avventurarti tanto lontano. Ti vorremmo tenere vicina,» disse Tucker. «Molto vicina.»

Spalancai la bocca, ma non ne uscì alcuna parola.

«Hai saputo dello stile di vita di Bridgewater da Laurel,» disse Gabe. Non era una domanda.

Sbattei le palpebre. Loro attesero.

«Sì, rivendicate una donna insieme,» replicai, la voce bassa. Per quanto la gente di Bridgewater non andasse in giro a dire a tutti che gli uomini condividevano una sposa, se la cosa usciva allo scoperto, non mentivano al riguardo. Laurel aveva Mason e Brody come mariti, e sapevo che Olivia ne aveva tre. Il modo in cui i loro uomini le guardavano mi faceva venire voglia di provare la stessa cosa con dei mariti tutti miei. E sin da quando avevo avuto quattordici anni, avevo saputo di volere che fossero Gabe e Tucker.

«Esatto. Io e Tucker condivideremo una sposa. Pensa a come sarebbe.»

A quel punto chiusi gli occhi, pensando di essere sposata con Tucker e Gabe Landry. Fratellastri, diversi come nell'aspetto. Averli che rientravano dalla porta sul retro per lavarsi prima della cena, svegliarmi tra loro due la mattina.

«Tuttavia, tu sei già stata rivendicata da qualcun altro,» disse Tucker, il tono di voce deluso.

Qualcun altro. Oh, sì, stavano parlando di Aaron.

Gabe grugnì, si guardò a destra e a sinistra, dopodiché mormorò. «Immagina come sarebbe, tra di noi. Voglio baciarti, Abigail.»

«Vuoi solamente baciarla?» gli chiese Tucker, facendomi scorrere lo sguardo addosso in una maniera oscura e carnale. Mi si indurirono i capezzoli sotto quello scrutinio così sfrontato.

«Non ho detto dove la bacerei,» controbatté lui.

Ossignore, potevo solamente immaginare *dove*.

Gli uomini si rimisero il cappello. «Peccato, tesoro,» disse Tucker.

«Peccato?» dissi io, la voce a malapena un sussurro.

«Non ci prendiamo ciò che non ci appartiene. Se sei stata rivendicata da Aaron, allora-» fece spallucce- «rispetteremo il vostro legame.»

La mia euforia andò in fumo ed io temetti di vomitare. Mi volevano. Io volevo loro. E la mia menzogna ci impediva di unirci. Quella stupida menzogna! Tennessee stava rovinando tutto!

«Non rivendicata,» controbattei, cercando di far loro capire che non ero impegnata. «Le storie che circolano sono decisamente esagerate.»

Tucker non disse altro, si limitò semplicemente a farmi ancora una volta l'occhiolino prima di allontanarsi. Gabe mi guardò ancora per un istante, mi salutò col cappello e poi si voltò per seguire il fratello. Io avrei dovuto dire qualcosa, ammettere la verità, ma a quel punto non mi avrebbero voluta. Ero una bugiarda, come una bambina di cinque anni. Una volta che avessero saputo la verità, mi avrebbero ritenuta infantile e indegna delle loro attenzioni. Ancora peggio, una volta che avessero saputo che avevo intenzione di rubare al mio stesso fratello, mi avrebbero odiata. Non avrei potuto averli mentendo, non avrei potuto averli dicendo la verità.

Il prato di fronte alla chiesa era pieno di abitanti, che indugiavano a chiacchierare, in attesa dell'inizio del piccolo ricevimento di nozze. Io ero circondata, ma completamente sola, e non per via della mia stupida cicatrice. Temevo che sarei rimasta sola per il resto della mia vita. Una menzogna non mi avrebbe tenuta al caldo nel letto la notte.

3

ABE

«Sarà nostra,» dissi.

«Senza dubbio,» replicò Tucker.

Dopo il ricevimento di nozze, io e Tucker tornammo a Bridgewater. Lavorammo per due giorni, facendo il giro del perimetro dei recinti, sistemando le sezioni che avevano ceduto, recuperando le mucche disperse, e sempre riflettendo sulla conversazione con Abigail. Avevamo discusso di ogni parola che aveva detto, di ogni volta in cui aveva sollevato il mento, del modo in cui aveva girato la testa per nascondere la cicatrice, delle emozioni che ero riuscito a vedere nei suoi occhi.

«Chi?» domandò Andrew, portando una pila di piatti sporchi dalla sala da pranzo.

Era uno dei tanti uomini che vivevano a Bridgewater e che condivideva il pasto comunitario con chi non era al lavoro. Di quei giorni, un ampio gruppo si riuniva per i pasti per cui i compiti venivano condivisi e assegnati a rotazione. Io e Tucker ci stavamo occupando di lavare i piatti ed io avevo le mani immerse in un lavandino pieno di acqua calda mentre sfregavo una pentola.

«Abigail Carr,» risposi. «Abbiamo intenzione di rivendicarla.»

Me la immaginai. Minuta – mi arrivava solamente alle spalle – con un sacco di capelli castano scuro raccolti in una crocchia ordinata. Era difficile dire quanto fossero lunghi, ma se le avessi tolto le forcine, immaginavo che le sarebbero scesi lungo tutta la schiena. E l'avrei fatto. Presto, se io e Tucker avessimo ottenuto ciò che volevamo. Aveva gli occhi altrettanto scuri e una sorprendente spruzzata di lentiggini sul naso elegante. Era bellissima – aveva attirato il mio sguardo sin dalla prima volta che l'avevo vista. Non si era trattato di desiderio come adesso. No, mi aveva semplicemente... catturato il cuore.

Era stata solamente una ragazzina quando ci eravamo conosciuti – la timida ed esitante sorellina del nostro amico James – e una giovane donna quando era andata via a scuola. Tuttavia, dopo due anni, si era trasformata in una donna. L'avevamo desiderata a diciassette anni, sapendo che sarebbe stata nostra un giorno dal momento che all'epoca era stata decisamente troppo giovane, ma adesso... adesso era arrivato il momento di fare nostra Abigail Carr. Non avevamo più intenzione di aspettare oltre.

«La donna con la cicatrice sul volto?» chiese Andrew, posando i piatti sporchi sullo sgocciolatoio al mio fianco.

Lo fissai male. Tucker smise di raschiare i piatti e lanciò un'occhiataccia ad Andrew.

«Sì, ha una cicatrice, ma ha anche i capelli castani,» chiarii.

Era vero che aveva una cicatrice. Una zona di pelle chiazzata e raggrinzita sulla guancia sinistra che sembrava essere una bruciatura. Non assomigliava nemmeno ad un taglio slabbrato dovuto ad una lama. L'area danneggiata era un misto della sua pelle chiara e di cicatrici rosate. Era una ferita vecchia, del tutto guarita, tuttavia la sua pelle non avrebbe mai perso quel difetto. Qualunque fosse stata la causa di quella ferita, ne avrebbe portato il segno come una medaglia al valore per essere sopravvissuta.

Tuttavia la cicatrice era piccola e irrilevante. Sì, si notava. Sì, sembrava brutta per via del dolore e del disagio che le aveva causato. Quale cicatrice non l'avrebbe fatto? Io ne avevo molte sul corpo, ma nessuno mi giudicava per esse o ne utilizzava una per descrivermi.

Andrew spalancò gli occhi di fronte al mio tono tagliente, ma colse subito cosa intendessi dire. Non si sarebbe dovuta utilizzare la cicatrice per descriverla. A me dava fastidio, ma Tucker proprio lo detestava. Ero impressionato dal fatto che si fosse trattenuto e non avesse tirato un pugno ad Andrew in un occhio. Io ero protettivo nei confronti di Abigail, ma Tucker...

«Sì, e anche dei begli occhi azzurri,» aggiunse Andrew, riscattandosi.

«Chi ha dei begli occhi azzurri a parte me?» La moglie di Andrew, Ann, entrò dalla sala da pranzo portando un paio di bicchieri, con un sorriso malizioso sulle labbra. Christopher, il loro figlioletto, correva dietro di lei con una manciata di tovaglioli. Tucker si chinò a prenderli, picchiettandogli il naso con un dito. Il bimbo sorrise.

«Abigail Carr,» ripetei.

«Sì, è piuttosto carina. Timida,» aggiunse Ann. «Sono contenta di sapere che ha un uomo.»

«Presto ne avrà due,» le disse Tucker.

Ann posò i bicchieri sul tavolo al centro della stanza e lo guardò. «Oh? Ma davvero?» Sorrise apertamente.

Lui tornò a scrostare i piatti e gettare gli avanzi in un bidone da portare nel fienile per i maiali. «Quell'uomo non è il suo fidanzato,» rispose Tucker, ostinato.

«E come fai ad esserne sicuro?» Andrew si appoggiò al bancone, guardandomi mentre lavavo i piatti.

Gli porsi la pentola pulita e uno strofinaccio. Se aveva intenzione di parlare, poteva asciugare nel mentre. Afferrai un piatto sporco e lo immersi nell'acqua calda.

«Ce lo ha detto lei. Avreste dovuto vedere la sua faccia. Non ho mai visto una donna meno entusiasta di lei nel parlare di uno spasimante,» proseguì Tucker.

«Tu hai ancora gli occhi che brillano quando parli di me,» Andrew prese in giro Ann.

Guardai quei due, invidioso del loro palese amore. Non era lo sguardo che aveva Abigail.

«Ann, che cosa ti ha detto di lui?» le chiesi, senza vergognarmi della mia curiosità.

Lei strinse le labbra, riflettendoci un istante. «Le ho parlato solamente un paio di volte. Christopher raramente sta fermo ad un picnic e rincorrerlo spesso mi impedisce di socializzare.»

Sorrise al figlioletto che le rivolse un piccolo ghigno malizioso.

«Ha parlato di più con Laurel. Aspetta che te la chiamo.» Andando alla porta, chiamò Laurel, che ci raggiunse in cucina. Si fece da parte mentre Christopher le correva accanto. Riuscimmo a sentirlo tutti che squittiva di gioia e urlava, «Ancora, ancora,» e seppi che l'altro suo padre, Robert, lo stava lanciando in aria, la sua nuova passione.

«Vogliono sapere dello spasimante di Abigail Carr.»

La donna dai capelli scuri si accigliò, pensierosa. «Si chiama Aaron, ha i capelli biondi ed è un contabile.»

Lanciai un'occhiata a Tucker. «A noi queste cose non le

ha dette. In effetti ha sminuito quell'uomo invece di parlarne bene.»

Lui annuì, poi continuò a raschiare i piatti.

«E dunque vorreste rivendicarla dopo averla vista solamente la scorsa settimana?» domandò Andrew.

«Ti dimentichi, caro marito,» disse Ann, andando da lui e posandogli una mano sul petto. «Che tu ti sei offerto di sposarmi dopo avermi conosciuta solamente da dieci minuti.»

Andrew si chinò e baciò Ann, poi le diede una pacca sul sedere. Cercai di nascondere un sorriso, ma era impossibile. La loro storia comprendeva un attraversamento transatlantico in nave, un padre crudele e una fuga. Il destino forse li aveva aiutati quando Ann si era infilata nella cabina di Robert per nascondersi. A giudicare da quanto avevano raccontato, si erano sposati quello stesso giorno.

«La desideriamo da un sacco di tempo. Anni. Ma era troppo giovane. È un bene che se ne sia andata a scuola, a fare qualunque cosa sia che fanno le giovani donne. Balli e quant'altro. Ma dal momento che è tornata, senza essere rivendicata, è nostra.»

«Ma ha Aaron,» controbatté Laurel.

«Uno spasimante non significa che sia rivendicata. Ha avuto la sua occasione, ma l'ha lasciata tornare a casa. Non abbiamo intenzione di aspettare che un altro uomo le metta l'anello al dito.»

Ci trovavamo al picnic la prima volta che l'avevamo vista dopo il suo ritorno. Tucker l'aveva intravista e mi aveva afferrato per un braccio, facendo un cenno del capo nella sua direzione, e si era limitato a fissarla. Lei si trovava con un gruppetto di altre donne a chiacchierare. Noi ci eravamo trovati troppo lontani per origliare la conversazione, ma era stata piuttosto animata. Laurel si era trovata nel gruppo e aveva cercato di includere Abigail, ma era chiaro che lei fosse riluttante. Era bella come un dipinto con il suo abito azzurro che accentuava le sue curve floride. Curve che non mi ricordavo di aver visto prima che fosse andata a scuola.

Perfino tra le altre donne, spiccava. Mentre le altre di certo erano attraenti, Abigail era stata l'unica ad attirare di nuovo il nostro sguardo, a immobilizzarci – letteralmente – e rovinare la piazza a qualsiasi altra donna, per sempre.

Mason, il marito di Laurel, una volta aveva detto che trovare una sposa era come venire colpiti da un fulmine, ma noi non avevamo mai dato tanto credito a quell'idea. Avevamo saputo, perfino quando era stata più giovane, che Abigail sarebbe stata nostra, ma non era stato affatto come il desiderio che provavamo per lei adesso. Era stata solamente una ragazzina. Adesso, era una bellissima donna. Era stata una perfetta giornata estiva di sole quando il fulmine aveva colpito sia me che Tucker dopo tutta quell'attesa. Abigail, con le sue maniere timide e i sorrisi delicati, era quella giusta per noi. *La sola e unica.*

Ma quando avevamo sentito dire che avesse un uomo a Butte, un fidanzato, l'avevamo avvicinata solamente per fare conversazione. Non avevamo chiesto a suo fratello il permesso di corteggiarla o nemmeno ci eravamo offerti di andarle a prendere un drink al ricevimento. Nulla. Se era stata rivendicata da qualcun altro, non avevamo intenzione di interferire. Tuttavia, lei aveva negato la storia che si era diffusa per tutto il picnic. Poteva anche avere un uomo, ma non erano fidanzati in procinto di sposarsi e, a giudicare dalle sue risposte blande, a lei non piaceva più di tanto. Il che ci dava una possibilità. Non c'era alcun anello in ballo, per cui le avevamo fatto pressione, parlando di baciarla e di cosa le avremmo fatto se fosse stata nostra. Lei aveva risposto come avevamo sperato. Con trepidazione, curiosità ed eccitazione.

«Ci eravamo chiesti perchè non foste interessati a nessun'altra ragazza in paese. Ora lo sappiamo,» commentò Andrew.

Le donne maritabili erano poche e distanti in quella zona. Io e Tucker non ce ne preoccupavamo troppo, dal momento che nessuna delle donne di età maritabile ci interessava. Di certo erano abbastanza carine e attraenti, ma nessuna di loro ci aveva fatto girare la testa... né ci aveva lanciato contro un fulmine. Fino ad Abigail. Mi voltai e mi appoggiai al lavandino, afferrando lo straccio dalle mani di Andrew e asciugandomi le mie.

«È bello che parli tanto volentieri con voi. È piuttosto timida,» aggiunse Laurel. «Mandata a Butte e tornata dopo due anni. La gente aveva proseguito con le proprie vite, si era sposata e aveva avuto dei figli, come ho fatto io mentre lei era a scuola. Dev'essere stato difficile tornare e trovarsi ai margini della conversazione.» Fece spallucce, prese un fagiolino avanzato da una ciotola e lo mordicchiò. «È ovvio che il suo aspetto la disturbi. La rende non solo timida, ma diffidente. E se a scuola l'avessero presa in giro? Avete sentito ciò che dicono di lei, come gli uomini non siano interessati a lei per via della sua cicatrice.»

Trasalimmo tutti quando un bicchiere si infranse contro il muro. Tucker se ne stava lì in piedi, mani sui fianchi, il volto rosso e il respiro pesante. «Sono stufo marcio di sentir parlare di quella maledetta cicatrice. Dalla gente del paese, da voi. Perfino da Abigail stessa. Lei è più di una fottuta cicatrice.»

Si passò una mano sul collo per cercare di calmarsi.

Anch'io avrei voluto lanciare via il mio bicchiere per via di quanto fosse frustrante sapere che una stupida cicatrice descriveva Abigail, non solo per le persone che le stavano accanto, ma per lei stessa. Aveva perfino voltato la testa per nasconderla quando avevamo parlato dopo il matrimonio. Era stato un gesto discreto, ma ovvio.

Tucker provava dei sentimenti più profondi nei suoi confronti. Gli piaceva difendere i deboli, chi non poteva difendersi da solo dai bulli. La sua rabbia aveva radici profonde, dal momento che la sua sorellina era stata danneggiata più di tutti da una tale crudeltà. Era nata una bambina speciale, con gli occhi distanti e un animo gentile. Mentre il suo corpo cresceva, la sua mente restava quella di una bambina di quattro anni. Tucker, avendo cinque anni più di lei, l'aveva sempre protetta. Tuttavia non poteva farlo di continuo, specialmente non dai suoi stessi genitori. Quando sua madre era morta, suo padre l'aveva chiusa in un istituto, dove era morta solamente pochi mesi dopo.

Solo un anno più tardi, il padre di Tucker aveva sposato mia madre. Quell'uomo era uno stronzo, per cui era stato facile odiarlo, perfino alla tenera età di undici anni. Perché mia madre l'avesse sposato, non l'avrei mai capito, ma io ci avevo guadagnato un fratello. Poteva anche essere legalmente il mio fratellastro, ma era solamente una parola.

Tucker non aveva mai perdonato suo padre per ciò che aveva fatto e per quanto io non avessi mai conosciuto sua sorella, Clara, ero assolutamente d'accordo con lui. Per via della sua storia, della crudeltà della sua stessa famiglia, lui non avrebbe mai permesso a nessuno di infastidire Abigail, se avesse potuto. Nemmeno con una brutta parola. Nè l'avrei fatto io, ma per Tucker era... un po' un tallone d'Achille.

«Oh, Tucker. La cicatrice non la descrive,» disse Laurel, indifferente al suo sfogo. Andò da lui e gli diede una pacca sul braccio. Sapevamo tutti che cosa fosse successo a sua sorella e perché fosse facile farlo arrabbiare. Quando si trattava di qualcosa come la cicatrice di Abigail, qualcosa di così insignificante riguardo una donna che amavamo, sapevamo che agiva in maniera tanto impulsiva perchè era *troppo* gentile. Offrì un sorriso a Laurel e andò a prendere la scopa.

Gli altri uomini fecero irruzione nella stanza per vedere

cosa fosse stato quel rumore, se qualcuno si fosse fatto del male.

«Abigail Carr sembra essere sotto la protezione di Tucker,» disse Andrew agli altri.

«E la mia,» aggiunsi io, incrociando le braccia al petto.

Andrew scoppiò a ridere, poi mi diede una pacca sulla spalla, sogghignando. «Hanno intenzione di rivendicarla. Sembra che presto avremo una nuova sposa qui a Bridgewater.»

Eccome. Ora dovevamo solamente andarcela a prendere.

4

Una volta che io e Gabe fummo d'accordo su Abigail, sul fatto che sarebbe stata finalmente nostra, divenni impaziente. Mi prudevano le mani dalla voglia di sentire quanto fossero morbidi i suoi capelli, di farle scorrere le nocche sulla sua pelle setosa, di assaggiare le sue labbra, di sentirla sussultare quando avrei cominciato a sbottonarle la camicetta, di vedere il suo volto quando l'avrei fatta venire. Avevo bisogno che fosse mia, che fosse nostra.

Per quanto avesse potuto avere un ammiratore, lui non possedeva il suo cuore. Per cui, non ci preoccupavamo di rubarla a nessuno. Se fosse stata fidanzata, se avessimo visto luce e amore nei suoi occhi quando avevamo parlato con lei al picnic, allora ci saremmo tirati indietro. Ma non era stato quello il caso.

Tuttavia, come aveva detto Laurel, Abigail era timida. Diffidente, perfino. Per quanto due anni segregata a scuola avessero tenuto gli altri uomini – quasi tutti – lontani da lei, non le avevano conferito un'innata sicurezza di sé. Per questo, dovevamo andarci cauti fino a quando non avessimo cambiato le cose. Non si sarebbe mai sentita esclusa o sola a Bridgewater. Avrebbe avuto due uomini che la rendevano il centro del loro mondo e un gruppo di donne che sarebbero state sin da subito sue amiche.

Se avesse dato retta alla gente inutile che le diceva che era deformata per via della sua cicatrice invece che ai suoi uomini che le dicevano quanto fosse bella e desiderata, allora me la sarei piegata sulle ginocchia. Avrebbe imparato con una bella sculacciata che non avrebbe mai più dovuto sminuirsi.

Clara non era mai stata in grado di comprendere che la gente era cattiva con lei, che la prendeva in giro. La mente della mia sorellina non era mai cresciuta oltre quella di una bambina piccola. Io l'avevo protetta – chiunque la infastidiva si guadagnava un pugno sul naso o peggio. Tuttavia, non avevo allontanato tutti gli scherni, tutti i dispetti. Una volta compiuti dieci anni mi ero già battuto abbastanza e la maggior parte delle persone la lasciava in pace. Lei non aveva mai saputo che quella gente era semplicemente cattiva, dei meschini bastardi.

A differenza di Clara, Abigail sapeva, eppure aveva permesso a quegli stronzi di farle dubitare di se stessa. Ancora e ancora, fino a quando non aveva avuto paura di guardarmi dritto negli occhi, desiderando nascondere la vergogna della sua cicatrice. La facevano sentire non bella, non perfetta. Sarebbe toccato a me e Gabe cambiare le cose. Non sarebbe successo nel giro di una notte, ma *sarebbe* successo, non appena fosse stata nostra.

Per questo, il giorno dopo, legammo i cavlli alla ringhiera di fronte alla casa del ranch dei Carr e bussammo alla porta d'ingresso, che era spalancata.

Dei colpi di tosse precedettero James, mentre si avvicinava a passo lento, con l'aria di uno che era stato trascinato a terra appeso a un cavallo.

«Se non mi sentissi uno schifo, sarei felice di vedervi,» ci disse, facendo un passo indietro e lasciandoci entrare. Aveva i capelli arruffati, gli abiti spiegazzati e la sua pelle aveva quell'aspetto arrossato e sudato di chi ha la febbre. Per quanto non lo ispezionai troppo attentamente, ero piuttosto certo che avesse la camicia abbottonata male.

«Siamo qui per vedere Abigail, in realtà.»

Ci togliemmo i cappelli mentre attraversavamo la soglia. Eravamo già stati in quella casa, diverse volte, in effetti, ma mai quando vi si era trovata lei. Era un'abitazione grande, con un sacco di spazio per una famiglia se James avesse mai deciso di sistemarsi. Doveva ancora accadere, per cui sembrava che non avesse alcuna fretta di farlo. Le finestre erano tutte aperte e riuscivo a vedere fino al fondo del corridoio centrale dove anche la porta sul retro era spalancata per far entrare aria fresca.

«Come ho detto, se non mi sentissi uno schifo, probabilmente mi importerebbe del motivo della vostra visita ad Abigail. Non preoccupatevi, si tratta solamente di un'influenza di stagione. Nulla più.»

Ci condusse in salotto, si lasciò andare sul divano e sospirò, sollevando un braccio per coprirsi gli occhi.

Lanciai un'occhiata a Gabe, che fece spallucce. Non avevamo mai visto James malato a quel modo. Non c'era molto che abbattesse quell'uomo.

«Abigail è al piano di sopra, che disfa le valigie,» ci disse.

Per quanto non potesse vederci, lo guardai accigliato. «Disfa le valigie? Pensavo che fosse tornata già da un paio di giorni.»

«Voleva tornare a Butte, da sola. A cavallo.» Sollevò il braccio dagli occhi quel poco che bastò per lanciarci un'occhiata. «Come se le avrei mai permesso una cosa del genere.»

«Perché voleva andarsene? Pensavo che avesse finito la scuola,» risposi io, raddrizzando la schiena all'idea di Abigail che faceva un viaggio tanto lungo senza accompagnatore. Non dubitavo che se la sarebbe cavata nelle condizioni migliori, ma avrebbe potuto trovarsi in pericolo se le cose fossero andate male.

«Ha finito con la scuola. Diamine, ha diciannove anni, ha ben superato l'età per studiare. No, vuole andare a Butte per vedere il suo uomo.»

C'era di più tra loro due di quanto non avesse lasciato intendere?

«Dovrebbe venire lui qui da lei,» commentò Gabe.

Che razza di gentiluomo faceva affrontare un viaggio così lungo ad una donna da sola? E perché avrebbe dovuto andare a Butte per un uomo che chiaramente non le piaceva più di tanto?

James lasciò cadere il braccio e quello rimase a penzoloni verso il pavimento come se fosse pesato una tonnellata. «Esatto. Le ho detto che se voleva andare, l'avrei accompagnata io una volta che non mi fossi sentito così male. Voglio conoscere quell'uomo.»

Riuscii a sentire dei passi al piano di sopra e sollevammo lo sguardo al soffitto.

James sospirò. «Non è contenta.»

Dovetti chiedermi se Abigail se la fosse presa perché non poteva andare o perché non poteva farlo da sola.

«La accompagneremo noi,» mi offrii.

James si alzò a sedere, per quanto molto accasciato, sul divano. Si ravviò i capelli dal volto. «Perché diamine dovreste volerlo fare?»

«Perché la desideriamo.» Gabe sputò fuori la verità. La

confessò all'unico uomo che avrebbe potuto frapporsi tra noi e Abigail.

James spalancò gli occhi e si chinò in avanti, appoggiando i gomiti sulle ginocchia. Poteva anche essere malato, ma si sapeva ricomporre quando ce n'era bisogno. Adesso era entrato nella mentalità del fratello maggiore protettivo. Due uomini desideravano sua sorella e lui ci avrebbe pestati a sangue, perfino da malato, se fosse stato costretto.

«La desiderate?» ripeté, la mandibola serrata. «Avete-»

«Cazzo, James, sai che non siamo quel tipo di persona,» brontolò Gabe, incrociando le braccia al petto.

Pensava che le avessimo fatto delle avanche, che l'avessimo toccata. Che ce la fossimo scopata. Dovevo porre subito fine a una tale preoccupazione. «Non la toccheremmo mai se davvero appartenesse ad un altro e, se fosse nostra, non fino a quando non avesse un anello al dito.»

Ciò non mi impediva di *pensarci*, ma lui quello non aveva bisogno di saperlo.

«Bene, perchè c'è un sacco di terreno in cui seppellire i vostri cadaveri, ma non credo che riuscirei a sollevare una pala, in questo momento.» Gemette. «È come avete detto voi. Appartiene ad un altro, cioè.» Fece roteare un polso. «Aaron qualcosa.»

Gabe scosse lentamente la testa. «Secondo noi non lo ama.»

James rimase in silenzio per un minuto. «E pensate che ami voi?»

Non potemmo non notare il suo tono tagliente. Era rassicurante sapere che Abigail avesse qualcuno che la proteggeva con tanta accortezza quanto suo fratello. Ma mandarla via da scuola, proteggerla dalle calunnie per via della sua cicatrice, le aveva causato solamente più dolore. Non era una bambina e magari le serviva un po' di indipendenza, un'occasione per trovare la propria strada. Con noi.

«Sappiamo che è interessata,» risposi io, evitando di spiegare il come. Non avevamo intenzione di dirgli di come fosse arrossita quando le avevamo parlato in maniera piuttosto volgare, ma carnale, al picnic. Si era leccata le labbra, i suoi occhi si erano addolciti e accesi nel sentire ciò che le avremmo fatto. Tuttavia, James non aveva bisogno di sapere nemmeno quello.

«È per questo che vi state offrendo volontari di accompagnarla a Butte? Per proteggerla o perché la desiderate?» Strinse la mandibola ed io vidi un muscolo pulsargli nel collo. Poi fu colto da un attacco di tosse. Io feci una smorfia e feci il possibile per non indietreggiare.

«Entrambe le cose.» Risposi. «Se è decisa ad andare a Butte, non vogliamo che la nostra donna girovaghi per la campagna senza protezione. Se quell'uomo non è degno di lei, allora ce ne occuperemo. Se non ha il suo cuore... allora è nostra.»

Gabe annuì. «Nostra.» Non credeva ad alcuno dei "se" che avevo pronunciato.

James ci guardò entrambi. «Conosco lo stile di Bridgewater, ma Abigail? Se così non fosse, dovreste persuaderla.»

Ero felice di non dover spiegare l'usanza di due uomini che sposano una donna, specialmente non al fratello della donna che volevamo sposare noi. Risaliva agli uomini che avevano fondato Bridgewater, un gruppo di soldati inglesi e scozzesi che erano stati stanziati nel piccolo paesino del Medio Oriente di Mohamir e avevano adottato le sue usanze. Ian Stewart era stato incastrato per un crimine efferato e loro erano fuggiti sin dall'altra parte del mondo nel Territorio del Montana, un porto sicuro dove cominciare una nuova vita, trovando delle donne che potessero amare, custodire e proteggere. Finora, c'erano stati nove matrimoni. Se le cose fossero andate come volevamo noi, e così sarebbe stato, sarebbero diventati dieci entro la fine della giornata.

Annuii. «Lo conosce, ma non l'ha saputo da noi. Laurel, credo.»

«La tratterete bene?» ci chiese, guardandoci entrambi.

Gabe si irrigidì ed io feci tutto il possibile per non stringere le mani a pugno.

«C'è un confine sottile, Carr, tra il proteggere tua sorella e il mettere in dubbio il nostro onore.»

«Forse non mi sono spiegato abbastanza bene. Non la proteggeremo soltanto. La sposeremo.» Gabe studiò attentamete James.

«Perché siete venuti qui? Per dichiarare il vostro interesse?»

«La vogliamo da anni.» Sollevai una mano prima che potesse sprecare energie per nulla. «Non agitarti. Non abbiamo fatto nulla di sconveniente. Mai. Abbiamo aspettato che avesse l'età giusta anche solo per parlarle del nostro interesse. E non si tratta solamente di interesse, Carr. Stiamo parlando di un impegno. Di matrimonio. Non ne possiamo più di aspettare.»

«Non è qui da neanche una settimana,» controbatté James.

«Abbiamo aspettato abbastanza e non ce ne staremo seduti con le mani in mano, mentre qualcun altro se la rivendica,» gli dissi io.

Dei passi leggeri indicarono che stesse scendendo le scale.

«Faremo a modo nostro, Carr,» mormorai io, non volendo che Abigail sapesse che avevamo parlato di lei. «Con tutto il dovuto rispetto, è una donna adulta e ha bisogno di prendere le proprie decisioni senza suo fratello.»

James voltò la testa verso le scale e poi di nuovo verso di noi. Strinse la mascella, ma annuì. «Affare fatto.»

Per quanto non gli piacesse troppo l'idea di due uomini che sposavano sua sorella, dovette desistere. Ci conosceva da anni e ci rispettavamo a vicenda. Le cose non dovevano cambiare adesso per questo. Doveva usare il nostro passato per cedere il proprio ruolo genitoriale nei confronti della sorella. Noi eravamo ciò che era meglio per lei e l'aveva capito presto.

Cominciò a tossire e scivolò lungo il divano fino a sdraiarsi nuovamente sulla schiena.

«Non dovresti nemmeno essere giù dal letto,» lo rimproverò Abigail dal corridoio. «Ho aperto tutte le porte e le finestre, ma farai ammalare tutti con-»

Entrò nella stanza e si immobilizzò subito nel vederci. Spalancò gli occhi e la bocca. Si voltò per guardare suo fratello, ma le veniva istintivo nascondere la parte sinistra del volto alla gente, inclusi noi due. Poteva anche nascondercelo adesso, ma presto non l'avrebbe più fatto.

«Signor Landry,» mormorò, pronunciando quel nome solamente una volta, ma sapevo che intendeva entrambi noi senza ripeterlo due volte. «Che piacevole sorpresa.»

Quel giorno indossava una semplice gonna blu scuro, il cui orlo sfiorava il pavimento. La camicetta bianca era ordinata e abbottonata fino ad appena sotto il mento. Era l'emblema della modestia, eppure io stavo pensando alle cose più indecenti. Che aspetto avrebbe avuto con i capelli sciolti? Con un paio di bottoni slacciati a lasciar intravedere un accenno di seno? Se avesse sollevato l'orlo della gonna per mostrare un po' le caviglie e qualcos'altro?

«So che volevi andare a Butte, Abigail,» disse James, distogliendomi dai miei pensieri. Da come era sdraiato, lei era più alta di lui, per cui sollevò lo sguardo su di lei. «Io sto troppo male per accompagnarti, ma i Landry si sono offerti volontari al mio posto.»

Lei ci guardò entrambi, chiaramente pietrificata. Non aveva paura di noi, lo sapevamo. Certo, era diffidente, poichè eravamo uomini arditi e lei era stata cresciuta praticamente sotto una campana di vetro. La sua mente stava lavorando assiduamente, nel tentativo di capire cosa dire. Farsi accompagnare a Butte da noi probabilmente era l'ultima cosa che si fosse mai immaginata.

«Vi ringrazio per esservi offerti, ma non è necessario,» disse infine, stringendo le mani di fronte a sè e torturandosele.

«Insistiamo,» rispose Gabe. «Sono certo che a tuo fratello piacerebbe tornarsene a letto a riposare. Se prepari le valigie... di nuovo, partiamo subito.»

5

 BIGAIL

«Stai bene, Abigail?» mi chiese Gabe mentre cavalcavamo in aperta prateria. Il sole era caldo ed io ero grata di indossare il mio cappello di paglia.

Ero stanca, nervosa e completamente esausta. Non ero riuscita a dormire per via della mia preoccupazione per Tennessee, per ciò che stavo per portare al signor Grimbsy. Quando mi ero addormentata, avevo sognato pistole e morte. E poi, come sempre, i pensieri decadenti sui Landry. Adesso, cavalcavano al mio fianco. Come potevo non essere nervosa, a trascorrere le ultime ore a cavallo accanto a Gabe e Tucker, gli uomini che desideravo con tutto il mio cuore? Il loro profumo pulito era innegabile e, perfino nonostante la loro enorme stazza, stavano entrambi in sella come se fossero nati su un cavallo. Non potevo fare a meno di fissare le loro cosce possenti fasciate strette dai pantaloni, gli avambracci muscolosi che spuntavano dalle maniche arrotolate.

Le dimensioni delle loro mani. Era una tortura che mi ero imposta da sola.

Avrei voluto dire loro la verità, non solo riguardo all'immaginario Aaron, ma al mio amore per loro. Avevo le parole sulla punta della lingua. Quegli uomini erano molto silenziosi e pronti ad ascolatere qualunque cosa avessi voluto dire, ma non potevo farlo. Non appena avessero scoperto che avevo mentito, mi avrebbero odiata. E di certo non avrei detto loro il vero motivo per cui avevo mentito. L'idea che anche uno solo di loro si ritrovasse la pistola del signor Grimsby puntata contro mi raggelava il sangue nelle vene.

E se avessero saputo che avevo la spilla di diamanti di mia madre infilata nella borsa per darla al signor Grimsby, si sarebbero infuriati. Era l'unica cosa di valore che James non si sarebbe accorto subito che mancava, era abbastanza piccola da nasconderla ed era di grande valore. La stavo rubando a James, che avrebbe dovuto darla alla sua sposa il giorno delle loro nozze, e la stavo usando per barattare la sicurezza di Tennessee con un uomo molto cattivo e molto pericoloso.

Lanciai una breve occhiata a Gabe, così bello con i suoi capelli e la barba scuri e gli occhi penetranti altrettanto scuri. Mi morsi un labbro, con la mente – e il cuore – in subbuglio. Gli rivolsi un breve cenno del capo quando lui mi guardò, poi rivolsi lo sguardo alle montagne innevate in lontananza.

Il mio piano originario era stato andarmene a Butte da sola, di notte, dare la spilla al signor Grimsby e assicurarmi della liberazione di Tennesse per poi tornarmene a casa. Avrei detto a James – e a tutta la città – che avevo rotto con il mio spasimante. Probabilmente James sarebbe stato contento che avessi messo fine alla storia con un uomo che viveva tanto lontano. A quel punto mi sarei liberata del signor Grimsby e della mia menzogna una volta per tutte. La gente del paese mi avrebbe compatita un po', ma a me non importava. Fintanto che Tennesse fosse stata al sicuro e il signor Grimsby non avesse mandato i suoi sgherri a cercare James, tutto il resto erano sciocchezze. Quando James avrebbe scoperto che la spilla era sparita... be', me ne sarei preoccupata un'altra volta.

Tuttavia, il mio piano non era andato in porto. James mi aveva proibito di viaggiare da sola. Il suo unico motivo era stato che si preoccupava per la mia sicurezza lungo il tragitto da sola. Per quanto avessimo discusso mentre era stato male, aveva comunque vinto lui.

Avevo disfatto i bagagli mentre cercavo rapidamente di trovare un altro modo per tornare a Butte con la spilla in tempo per salvare Tennessee. Un'ora più tardi, quando James mi aveva chiesto di scendere in salotto, non avevo avuto un nuovo piano e mi ero sorpresa di vedere entrambi i Landry. Quando si erano offerti di accompagnarmi a Butte, non c'era stato modo di rifiutare. Per quanto James fosse testardo e ostinato, i Landry lo erano il doppio. Non avrebbero ceduto e, se avessi rifiutato, non avrei trovato un altro modo di arrivare in città. Adesso, però, facevo fatica a trovare un modo di allontanarmi da loro quel tanto che bastava a incontrare il signor Grimsby.

Mi morsi di nuovo un labbro e mi torturai le mani, nonostante stessi tenendo le redini. Cosa avrei fatto? Azzardai un'occhiata a Gabe e Tucker, che cavalcavano a proprio agio, senza una sola preoccupazione. Il sole si rifletteva sulle loro chiome al di sotto dei cappelli: le ciocche bionde di Tucker e i riccioli scuri di Gabe. Mi osservavano attentamente, come avevano fatto per tutto il tragitto, ed io mi agitai di nuovo in sella.

Volevo i Landry. Tantissimo. La loro gentilezza nei miei confronti sarebbe finita presto. Mi avrebbero odiata, detestata. Mi avrebbero ritenuta una ragazzina per essermi inventata una cosa tanto stupida come uno spasimante inesistente. Avevo sprecato il loro tempo nel farmi accompagnare da loro. Non li avrei biasimati per la loro delusione e frustrazione. Avrebbero facilmente voltato pagina e si sarebbero trovati una donna che fosse giusta per loro, una che non si sarebbe inventata storie.

Mandando giù il nodo che avevo in gola, distolsi lo sguardo e repressi le lacrime. Non mi sarei messa a piangere. Non potevo. La colpa era solo e profondamente mia. Ero stata io a farmi questo. No, era stata Tennessee a dare il via a tutto, ma non aveva più importanza.

Quando gli uomini fecero girare i cavalli verso ovest, io mi accigliai. «Dove stiamo andando?» chiesi. «Butte si trova a sud.»

«Bridgewater,» rispose Tucker.

«Bridgewater?» ripetei io. «Perchè?»

Non stavamo andando a Butte?

«È arrivato il momento di parlare, non credi?» Gabe mi lanciò un'occhiata.

Deglutii. Che cosa sapevano? «Gabe-»

Scosse la testa. «Non qui, tesoro. Quando arriveremo a casa nostra, parleremo.»

Scossi la testa. Non volevo arrivare fino a Bridgewater solo per vedermi riiutare. Bridgewater! Con Laurel, Olivia e tutti gli altri. Dovevo dire loro la verità, se non altro circa l'essermi inventata uno spasimante. Non dovevo dire loro il motivo.

«Ho mentito.»

Le parole mi uscirono di bocca ed io mi morsi un labbro, in attesa.

Gli uomini rallentarono i cavalli e mi guardarono. Dal momento che erano a entrambi i miei lati, io non potevo guardarli entrambi negli occhi nello stesso momento, ma riuscivo a sentire l'intensità dei loro sguardi su di me.

«Mentito?» ripeté Tucker, la fronte aggrottata.

Abbassai lo sguardo sulle mie mani sulle redini. Mi si erano sbiancate le nocche dal momento che le stavo stringendo con tanta forza. «Sì. Non c'è nessun uomo a Butte.»

«Non hai un pretendente?» mi chiese Gabe.

Scossi la testa. «No.»

Loro proseguirono verso Bridgewater. Non capivo perchè non si fossero voltati per riportarmi a casa, nè mi stessero ponendo domande circa la mia menzogna. Me ne restai lì confusa dal loro silenzio.

Gabe disse solamente, «Parleremo a casa.» Nient'altro.

Il resto della cavalcata fino a Bridgewater parve interminabile. Avevo sognato che mi portassero a casa con loro, ma non così. Non con tutto quel peso tra di noi, e il signor Grimsby.

Non ero mai stata in quel grande ranch in passato. Quando arrivammo ad una casa di modeste dimensioni appollaiata sulla cima di un promontorio, riuscii a vedere altri edifici in lontananza. Dovetti chiedermi quali case fossero quelle di Laurel e di Olivia.

Loro scesero da cavallo e mi aiutarono a smontare a mia volta.

«Sono stanca per via del viaggio,» dissi loro, con la paura di incrociare il loro sguardo. «Mi piacerebbe riposarmi un po' prima che mi riportiate da mio fratello.»

Era una scusa mal celata per non parlare con loro, dal momento che la cavalcata non era durata nemmeno due ore.

Per fortuna, Gabe e Tucker erano abbastanza dei gentiluomini per non discutere e, con la mano di Gabe ancora sul mio gomito, mi condussero in casa loro. Era ad un piano solo, ma piuttosto ampia. Le tavole in legno che rivestivano l'esterno erano dipinte di un bianco acceso e sulla veranda c'erano due sedie a dondolo. Con la vista sugli aperti terreni del ranch e le montagne in lontananza, era un posto incantevole.

Tuttavia, non potevo apprezzarlo. Ogni passo era infelice, avendoli proprio accanto a me, eppur insopportabilmente distanti. Riuscivo perfino a sentire il loro *odore*, ed era scuro, speziato e perfetto. Mi scortarono lungo un corridoio fino ad una camera da letto. Era arredata in maniera semplice, ma il letto, il più grande che avessi mai visto, riempiva quasi tutto lo spazio. Una camicia da uomo era appesa ad un gancio sulla parete. Sotto il letto, ai suoi piedi, erano infilati un paio di stivali consumati e vidi dell'attrezzatura da barba su una cassettiera.

Sulla porta, trassi un respiro profondo e mi preparai, voltandomi verso di loro per ringraziarli della loro premurosità. Quando Tucker mi aggirò entrando in camera, scoprii che avevano altri piani.

Gabe fece un passo avanti, gli occhi scuri fissi nei miei, ed io indietreggiai. Lui si avvicinò, ed io dovetti retrocedere, paasso dopo passo, entrando nella stanza fino a quando le mie gambe non si scontrarono col letto.

«Gabe, che stai facendo?» chiesi, cercando di spostarmi così da non sentirmi tanto oppressa. «Io... vorrei sdraiarmi.» *Era* la verità, ma tralasciai la parte in cui avrei voluto farlo con lui. Con *loro*.

«Bene,» replicò Tucker mentre si chiudeva la porta alle spalle. «Puoi sdraiarti sopra di me.»

Gabe si sedette su un bordo del letto e, senza troppo sforzo, mi attirò sulle proprie ginocchia. Io trasalii, sorpresa da quel movimento improvviso. Avevo la parte superiore del corpo appoggiata al materasso comodo e mi sollevai subito sulle mani nel tentativo di alzarmi di nuovo in piedi.

«Gabe-»

Lui intrecciò un piede attorno al mio, immobilizzandomi le gambe. Con una mano sul fondo della mia schiena a tenermi ferma, non potevo andare da nessuna parte. Sollevai lo sguardo su Tucker in cerca di aiuto, ma lui era appoggiato alla parete, le braccia incrociate, completamente rilassato. Ciò che Gabe stava facendo non lo sorprendeva né lo disturbava. Non aveva intenzione di offrirmi alcun aiuto. Mi ero aspettata che lo facesse, dal momento che era un gentiluomo e non avrebbe mai permesso a nessuno di maltrattarmi. Nessuno a parte Gabe, a quanto pareva.

«Ora, tesoro,» esordì Gabe. Il palmo contro la mia schiena era insistente, ma gentile nel tenermi ferma. Riusciva a sentire il calore della sua mano attraverso l'abito. «Dicci di questa tua menzogna.»

«Cosa? Fammi alzare!» Mi dimenai, senza alcuna voglia di parlare con loro in quella posizione. Guardarli negli occhi e dire loro di aver mentito era già abbastanza brutto; farlo col sedere per aria era ancora peggio.

«Basta, Abigail. Non ne possiamo più di aspettare. Vogliamo la verità e la vogliamo subito.»

Ero tanto arrabbiata quanto intimorita. Non potevo alzarmi, non potevo sfuggire a quegli uomini con altre scuse.

«Puoi dircelo, oppure Gabe ti sculaccerà,» disse Tucker. La sua nonchalance era snervante. «A quel punto ce lo racconterai col culo bello rosso e indolenzito.»

Voltai la testa per guardare Gabe da sopra la mia spalla. «Non lo faresti.»

Invece di rispondere, lui afferrò l'orlo della mia gonna e me lo sollevò sulla schiena, tirando su tutto il tessuto fino a esporre le mie mutande. Esclamai di nuovo il suo nome, agitandomi.

Lui sibilò e guardò il mio sedere quasi con venerazione. Poi mi sculacciò. Una volta, ma fu abbastanza per farmi irrigidire e trasalire. Il dolore fu intenso e pungente, ma, dopo un attimo, bruciò solamente, come il mio orgoglio.

«Non sei stanca di tenere il segreto per te?» mi chiese Gabe, accarezzandomi il punto in cui mi aveva colpito con la mano. «Il peso deve essere opprimente.»

Strinsi le labbra. Era opprimente non chiedere il loro aiuto per Tennessee, per il motivo per cui stessi tornando a Butte. Ma il signor Grimsby li avrebbe *uccisi*. Anche James. Per cui avrei dovuto coprire una menzogna con un'altra.

Gabe mi sculacciò di nuovo, il rumore che risuonava nella piccola stanza. Poi mi strattonò le mutande e le abbassò fino ad ammucchiarmele attorno alle cosce. Ero nuda di fronte a lui. Di fronte ad entrambi.

6

 BIGAIL

«Che stai facendo?» esclamai. Riuscivano a vedermi il sedere!

«Cazzo.» Sentii il sussurro di Tucker. «Che bel culetto, tesoro. Perfino con le impronte rosse di Gabe.»

«Gabe!» urlai di nuovo, cercando di divincolarmi. Non ero mai stata così esposta di fronte a nessuno prima di quel momento. Non solo fisicamente, ma stavano cercando di portare alla luce anche tutti i miei segreti. Sapere che potevano vedere il mio sedere nudo, che si stava arrossando come aveva detto Tucker, mi fece arrossire.

Tuttavia, la mortificazione per il fatto che mi stessero vedendo a quel modo veniva messa in secondo piano da ciò che mi avrebbero fatto una volta che avessi ammesso la verità più nel dettaglio. Volevo dirglielo, davvero – morivo dalla voglia di farlo – ma sapevo che mi avrebbero abbandonata una volta che avessero saputo la verità. Per quanto di certo non volessi farmi sculacciare, mi piaceva essere al centro della loro attenzione. Erano concentrati su di *me*. Il motivo non lo sapevo, ma mi piaceva.

Mentre me ne restavo in silenzio, Gabe riprese a sculacciarmi. Non lasciò un solo punto della mia pelle intoccato, perfino la parte superiore delle cosce. Avevo la carne accaldata e formicolante e il dolore era in crescita, si trasformava in una sfera di sensazioni che erano più che la sua mano che veniva a contatto col mio sedere. Era il sapere che era lui a farmi quello ed io non potevo cedere e le lacrime mi scorrevano lungo le guance.

«Sì. Lasciati andare, tesoro,» mormorò Tucker, accucciandosi accanto al letto così da potermi accarezzare i capelli con una mano grande. «Lascia che ce ne occupiamo noi.»

Parlava come se il peso che mi portavo sulle spalle fosse stato un qualcosa di tangibile che avrei potuto semplicemente passare a loro. Ma io non potevo fare altro che accettare ciò che stava facendo Gabe, arrendermi alle sculacciate. Dovevo arrendermi, sottomettermi, dal momento che non avevo alcun controllo. Non potevo fare altro che arrendermi alla sensazione del suo palmo che entrava in contatto con la mia natica infiammata. Era come se avesse preso lo squallore della mia menzogna e l'avesse reso reale, il suo dolore un qualcosa di tangibile.

Non ce l'avevo più nascosto e aggrovigliato dentro, ma mi usciva ad ogni sculacciata, ad ogni lacrima che mi colava dagli occhi. Cominciai a singhiozzare apertamente, a quel punto, lasciandomi andare, proprio come aveva detto Tucker. Non riuscivo a pensare, non riuscivo a preoccuparmi, sentivo solamente il calore formicolante che mi si espandeva dentro.

Tucker mi canticchiò qualcosa mentre Gabe continuava, per quanto le sculacciate fossero più delicate, quasi come se avesse voluto farmi riversare fuori tutte le mie lacrime per purgarmi. Finalmente, finalmente si fermò, il suo palmo che mi accarezzava la pelle accaldata, sfiorandomi delicatamente. Con tenerezza.

Continuai a piangere e, per qualche motivo, fu bello, quasi catartico lasciar uscire le lacrime. Non ero il tipo da avere un crollo tanto teatrale, ma forse era quello il problema. Forse avevo bisogno di piangere, di liberarmi della tristezza che avevo dentro e quegli uomini lo sapevano. Non stavano scappando; erano rimasti con me. Io mi ero lasciata andare, come se fossi caduta dall'alto, e non mi ero spezzata. In effetti, mi avevano presa loro. Eppure... non avevo detto la verità. Solamente le parole, *ho mentito*. Quando avessero scoperto il resto, se ne sarebbero andati. Ma era giunto il momento. A prescindere da quel che sarebbe successo, era giunto il momento.

Tucker mi fece sollevare il mento e mi asciugò le lacrime col suo pollice caldo. «Ce lo dici?» mi chiese, la voce poco più che un sussurro.

Io annuii, tirai su col naso e lo guardai negli occhi azzurri. «Come ho detto, non c'è... non c'è nessun uomo.»

Strattonai il mento per distogliere lo sguardo, ma Tucker non mollò la presa.

«Nessun uomo?» domandò. Il suo sguardo mi scorse sul volto rigato dalle lacrime, vedendo la mia cicatrice e altro.

«Nessuno spasimante. Io... me lo sono inventato.» Potevo ammettere quel tanto, ma nulla di più.

Il suo sguardo si scaldò, si ammorbidì, poi lui mi accarezzò di nuovo i capelli. Mi dimenticai di respirare.

«Ecco,» replicò Gabe, esalando un respiro. «È finita adesso.»

Finita. Sì. Come avevo pensato, avevano chiuso con me. Chiuso con una donna disposta a mentire. E che continuava a farlo.

A quel punto ricominciai a piangere a dirotto. *Era* finita.

Qualunque cosa ci fosse stata tra di noi. Tucker che mi chiamava "tesoro". Le loro attenzioni, il loro parlare di baciarmi, la loro abilità di guardare oltre la mia cicatrice. Tutto quanto. Non appena Gabe mi avesse lasciata andare, sarei stata sola.

Mi faceva ancora male il sedere per via delle sculacciate di Gabe, ma non era nulla in confronto al mio cuore spezzato. Amen. Avevo detto la verità e loro non mi volevano. Tirai su col naso una, due volte, ripresi il controllo delle lacrime, dal momento che, per quanto mi fossi sentita meglio dopo aver sfogato le mie emozioni prima, adesso era solamente uno spreco. Avevo fatto tutto da sola. Trassi un respiro profondo e mi sollevai, Gabe che finalmente mi permetteva di alzarmi in piedi. Le mie mutande caddero a terra. Non mi sarei sottoposta all'umiliazione di farmi guardare da loro mentre mi sollevavo la gonna per rimettermele a posto, per cui le calciai via mentre mi lisciavo giù l'orlo. A parte quegli uomini, nessun altro avrebbe saputo che avevo le natiche rosse. Era tutta apparenza, in ogni caso. Chiunque avesse visto la mia cicatrice non avrebbe mai pensato che non indossassi le mutande.

La mano di Gabe fu calda contro il mio fianco mentre mi aiutava a sistemarmi, ma poi se la lasciò cadere in grembo.

Con un'ultima occhiata, rivolsi loro un debole sorriso e poi voltai loro la schiena. Andai alla porta e la aprii.

«Aspetta, Abigail,» disse Gabe, venendo subito accanto a me, un braccio che mi circondava per chiudere nuovamente la porta. Mi guardò accigliato. «Dove stai andando?»

Aveva la fronte aggrottata, come se fosse stato confuso.

«È finita, hai detto,» risposi io. Ero sorpresa dalla forza della mia voce. «Io... me ne sto andando. Capisco perchè vogliate sbarazzarvi di me. Sono una bugiarda.»

«Whoa, tesoro,» disse Tucker, venendo a mettersi accanto al fratello.

«Non intendevo dire che tra *noi* fosse finita,» replicò

Gabe. «Diamine, noi abbiamo appena cominciato. Pensi che mi metta a sculacciare qualunque donna?» Scosse la testa. «Solo tu.»

Li guardai entrambi. «Non capisco.»

«Dopo il matrimonio l'altro giorno, ti ho detto che non ci prendevamo ciò che apparteneva a qualcun altro. Ma tu non sembravi avere tanto interesse per lui, e dal momento che non c'è nessun Aaron, non c'è nessuno che ostacoli il nostro rivendicarti.»

Ero sorpresa, immensamente. Riuscivo a malapena a comprendere cosa stessero dicendo. «Non siete arrabbiati per il fatto che ho mentito?»

«A me fa arrabbiare il fatto che qualcuno che nemmeno esiste ci abbia tenuti lontani,» borbottò Tucker.

«Ma ho mentito!»

E lo stavo ancora facendo, ma se avessero pensato che il mio unico problema era l'essermi inventata un finto pretendente, sarebbero stati più al sicuro.

«Stai cercando di respingerci?» mi chiese Gabe. «Perchè non succederà.»

Abbassai lo sguardo sui loro petti robusti, poi sollevai il mento. «Certo che no, ma ho fatto una cosa vergognosa.»

Gabe grugnì. «Sì, e arriveremo più tardi al motivo per cui l'hai fatto. Per adesso, però, vogliamo sapere cosa ne pensi di due uomini.»

«Due uomini?» ripetei io. Erano così grandi davanti a me, bloccavano tutta la luce che entrava dall'unica finestra nella stanza.

«Noi. Ti abbiamo detto che abbiamo intenzione di rivendicarti. Per cui, se hai delle obiezioni serie, diccelo subito. Quella sculacciata era solamente un assaggio di come ti metteremo le mani addosso.»

Il mio corpo si scaldò alle sue parole.

«Diamine, io le mani addosso non gliele ho nemmeno

messe.» Tucker sembrava un bambino che non era riuscito a giocare con un giocattolo.

«Voi? Entrambi voi?» domandai. *Sapevo* che avrebbero rivendicato una donna assieme, ma io? Davvero?

L'angolo della bocca di Tucker si curvò verso l'alto, mentre lui mi metteva le mani sul corpo. «Dobbiamo sapere, tesoro, se ci desideri tanto quanto noi vogliamo te. Potremmo anche averti sculcciata senza il tuo permesso, ma non ti toccheremo a meno che tu non lo voglia.»

Spalancai la bocca, mentre la sua calda carezza mi scivolava lungo il braccio, su un fianco, fino a prendermi una natica in fiamme. «Voi... voi mi volete?» Non riuscivo a pensare quando aveva le sue mani su di me.

«Sì. Da un sacco di tempo, ormai.» Tucker fece un passo indietro e si portò una mano sulla parte frontale dei pantaloni. Non potei non notare lo spesso rigonfiamento di ciò che vi era al di sotto. «Potrei dirtelo, ma preferirei mostrartelo.» Un ghigno malizioso gli si aprì in volto. «Tutto ciò che devi fare è dire quella parola.»

«Oh,» trasalii. Quei due mi avevano detto delle cose decisamente meno signorili dopo il matrimonio l'altro giorno, ma non erano stati sfacciati.

Quella era sfacciataggine.

«Noi ti vogliamo, Abigail.» A quel punto mi toccò Gabe, le sue mani che prendevano il posto di quelle di Tucker, ma le sue furono leggermente più aggressive. Si strinsero attorno alla mia vita, i pollici che mi accarezzavano la curva inferiore dei seni. «Ti vogliamo come moglie.»

Nel mio petto sbocciò la speranza di fronte a quelle parole. Moglie?

Scossi la testa, però, confusa, portandomi le dita sulla pelle raggrinzita della guancia. Il suo tocco diceva una cosa, ma la mia mente- «Come potete? Io sono... Ho una-»

Le mani di Gabe si fermarono. «Se finisci quella frase

riguardo alla tua cicatrice, ti sculaccio di nuovo e senza trattenermi.»

Si era trattenuto, prima? Contrassi i muscoli del mio sedere indolenzito al pensiero.

«Ma-»

Ci riprovai, ma Gabe non voleva saperne.

«È per questo che ti sei inventata uno spasimante?»

Non ci avevo pensato, ma era plausibile. *Avrebbe* avuto senso dal momento che ero così nervosa riguardo a ciò che provavano nei confronti della mia cicatrice. Io mi ci trovavo a disagio, con essa e col fatto che la gente la vedesse. Ero stata presa in giro e tormentata per essa, e l'ultimo bullo era stato il signor Grimsby. Sarebbe stata la scusa perfetta e non avrei dovuto raccontare a Gabe o a Tucker di Tennessee.

Per cui annuii. E mentii loro. Di nuovo.

«Ti fidi di noi, Abigail?» Gabe incrociò le braccia al petto. Io mi sentii fredda e sola senza il suo tocco. Senza *entrambe* le loro mani su di me.

«Mi avete appena sculacciata e minacciata di rifarlo,» controbattei, percependo il calore pulsante nelle natiche.

Gabe mi si avvicinò per cui io indietreggiai, scontrandomi con la porta. Appoggiando gli avambracci ai lati della mia testa, lui si chinò così da sfiorarmi l'orecchio con la bocca. Il suo fiato caldo mi fece rabbrividire. «E ne avevi bisogno,» mormorò. «Avevi bisogno di cedere i tuoi problemi, di passarli ai tuoi uomini.»

I miei uomini?

7

 BIGAIL

«Sì, avevo bisogno di dirvi che mi ero inventata quello spasimante,» concordai subito. Era vero. La cosa mi aveva tormentata. «Ma non mi serviva una sculacciata per farlo.»

«Sì, invece,» protestò Gabe. «Ti abbiamo concesso un sacco di opportunità per svelare il tuo segreto. Praticamente ci hai spinto tu a farlo.»

Era vero? Non lo avevo chiesto io, ma non avevo dato loro molta scelta tenendoli a distanza e portando avanti quella farsa. Avevo avuto bisogno che me lo *facessero* dire, ma sfortunatamente, non avevo ancora spurgato tutta la ferita infetta.

«Ci hai detto la verità e adesso ti senti meglio, non è vero?» mi chiese Gabe.

Io inalai il suo profumo virile e non potei fare altro che piegare la testa di lato mentre lui mi sfregava il naso lungo il collo.

Era così? Mi sentivo meglio per aver detto loro la verità, per il fatto che mi avessero concesso un modo per sfogarmi? No, non mi sentivo del tutto meglio perchè erano venuti a conoscenza solamente di parte della verità. Se avessi detto loro tutto, se avessi consegnato loro tutti i miei problemi, mi sarei davvero sentita meglio?

Forse, ma a quel punto mi sarei preoccupata per la loro incolumità. Avevo appena scoperto che mi desideravano. Non potevo rovinare tutto. Per nulla al mondo. Non c'era una risposta giusta. Fino a quando non mi fossi liberata della presa del signor Grimsby, mi sarei sentita nervosa e in colpa.

Gabe era stato talmente insistente con la sculacciata, e non l'aveva fatto per rabbia. Non mi stava punendo. Be', forse un pochino. Ma era stato tutt'altro, un qualcosa che non riuscivo a comprendere del tutto.

Ad ogni respiro, la punta dei miei seni gli sfiorava il petto ed io riuscivo a sentire i miei capezzoli indurirsi. Annuii prima di rifletterci troppo. Era vero che mi sentivo meglio.

«Fidati di noi quando diciamo che ti vogliamo. Hai visto quanto ce l'ha duro Tucker.» Gabe spinse i fianchi contro di me, premendo la propria erezione contro il mio ventre. «Quanto ce l'ho duro io.»

«Ce l'abbiamo duro sin da quando ti abbiamo vista al picnic,» ammise Tucker dall'altra parte della stanza.

«Per quanto riguarda me, se non credi alle nostre parole, allora che mi dici di questo?»

Gabe mi prese per il mento e, prima che potessi anche solo domandarmi cosa avesse intenzione di fare, la sua bocca fu sulla mia. Mi stava baciando! Le sue labbra furono morbide, ma insistenti. Quando sussultai a quella sensazione, la sua lingua mi scivolò lungo il labbro superiore e poi dentro la bocca. La sua barba era morbida, ma comunque mi solleticava un po'. Pungeva.

Alzai le mani e gli afferrai la camicia, stringendola per

sostenermi, dal momento che se non l'avessi fatto, di sicuro mi sarei allontanata alla deriva, nonostante lui fosse premuto contro di me. Prendendomi la mandibola, lui mi fece inclinare la testa così da approfondire il bacio ed io mi sciolsi. Mi arresi al bacio, al suo tocco, al suo controllo della situazione. Era il mio primo bacio e dovetti chiedermi se stessi facendo le cose nel modo giusto, ma a giudicare dal piccolo ringhio che gli sfuggì dalla gola, dovetti dedurre di sì. Rilassai le spalle, il mio corpo praticamente si afflosciò, mentre lasciavo che fosse lui a sorreggermi.

Non ho idea di quanto a lungo ci baciammo prima che lui sollevasse la testa e mi sorridesse. «Che dolce.»

«Si è appena arresa a te,» disse Tucker a suo fratello, la voce piena di meraviglia. «La sua sottomissione è bellissima.»

Mi accigliai di fronte a quell'affermazione, ma avevo il cervello troppo disorientato per cercare di capire. Con un solo tocco, mi ero arresa a loro.

Tuttavia, quando il suo pollice mi accarezzò la pelle raggrinzita della cicatrice, mi irrigidii, ogni singolo muscolo nel mio corpo che si tendeva. Tutto il piacere, tutto il calore del bacio venne spento come se fosse stato gettato un secchio d'acqua calda su un fuoco. Cercai di tirar via la faccia, ma la presa di Gabe era salda.

«Questa cicatrice è un problema,» disse in tono oggettivo, incrociando il mio sguardo.

Le mie emozioni erano così sensibili, così esposte, che le lacrime ripresero a scorrere. Sì, era un problema. Lo era stata sin dalla notte dell'incendio in cui i miei genitori erano stati uccisi ed io avevo salvato James che era rimasto intrappolato in camera sua sotto una trave crollata.

Non avevo sentito Tucker muoversi, ma quando Gabe si allontanò, lui fu subito lì a prendere il suo posto. Sentii ogni centimetro duro di lui, il calore del suo corpo che si diffondeva nel mio. Sollevò una mano e le sue dita mi accarezzarono la pelle raggrinzita. «È solamente un segno, tesoro. Un segno che dimostra quanto sei coraggiosa.»

Coraggiosa? Avrei voluto ridere. Non avevo mai conosciuto qualcuno che avesse usato il termine *coraggiosa* in relazione alla mia cicatrice prima di allora. «È... è brutta.»

Lui sembrò riflettere mentre faceva un passo indietro e si tirava su una manica. Per quanto la stanza fosse calda, rabbrividii senza il calore del loro corpo. «Vedi questa?»

Una cicatrice slabbrata, un misto di pelle deturpata bianco argentea e rosa, gli ricopriva la parte inferiore dell'avambraccio.

«È dovuta a del filo spinato.»

Potevo solamente immaginare il dolore che doveva aver sopportato.

«Sei stato fortunato a non morire d'infezione.»

Gabe grugnì di nuovo. «L'ha quasi fatto.»

«Allora, io sono brutto, tesoro?» mi chiese Tucker.

«Cosa? No!» esalai. «Certo che no.»

Lui inarcò un sopracciglio chiaro. «E perchè no?»

«Perchè è solamente una cicatrice.»

Nessuno dei due disse nulla, lasciarono semplicemente che le mie parole risuonassero nel silenzio.

È solamente una cicatrice.

Mi morsi un labbro, poi sospirai.

«Sì, è solo una cicatrice,» concordai. «Ma le parole della gente fanno male comunque.»

Tucker mi prese la mandibola proprio come aveva fatto Gabe, accarezzandomi la guancia con un pollice. L'altra sua mano mi corse di nuovo lungo il corpo ed io praticamente mi sciolsi. Come facevano a ridurmi così?

«Vero. Su quello ci lavoreremo. Più tardi. Adesso, voglio baciarti io.»

Il suo sguardo sostenne il mio come se fosse stato in

attesa di una mia protesta. Io non avevo alcuna intenzione di obiettare, dal momento che anch'io desideravo il suo bacio. Moltissimo.

Non fu affatto come Gabe. Il suo bacio, per quanto gentile, fu molto più intenso, più potente. Riuscii a sentirvi il bisogno, il potere. Non c'era dubbio sul fatto che fosse lui a controllare il bacio, a controllare me. Le sue mani furono più audaci, curvando attorno al mio corpo e afferrandomi le natiche, attirandomi dritta contro il profilo duro e spesso della sua erezione. Io gemetti nel bacio e mi sentii accaldare tra le cosce, bagnarmi. Prepararmi per loro. La mia bocca, la mia mente, il mio corpo erano tutti alla mercé di Tucker.

Lui si ritrasse, indietreggiando. Aveva le labbra lucide per via del bacio, le palpebre pesanti, la mandibola tesa. Aveva il respiro pesante quanto il mio.

«Vuoi dell'altro, tesoro? Vuoi che tocchi la tua pelle nuda? Che ti prenda i seni? Scommetto che hai la figa bella bagnata per noi, non è vero?»

Non esitai ad annuire di fronte alle sue parole molto carnali. Volevo tutto ciò cui avevo pensato da sola nel mio letto, e anche di più. Solamente i loro baci erano stati meglio di qualunque cosa avessi mai fatto con le mie dita tra le mie cosce.

Tucker gemette. «Una ragazzina timida e volgare?»

Arrossii, ma non potei negarlo.

«Allora dobbiamo farti nostra. Potremo anche averti qui in camera mia, ma non ti disonoreremo facendo tutte le cose che vogliamo. Non ancora. Sposaci.»

Euforia e trepidazione mi pulsarono nelle vene, facendomi tremare.

«Sposarvi?» ripetei.

Praticamente saltai tra le braccia di Tucker quando lui annuì. Per una volta, Dio, una volta soltanto, feci esattamente come mi andava invece di ciò che era giusto. Quegli uomini mi avevano baciata, ma io volevo stringere Tucker e non lasciarlo mai più andare.

Lui mi strinse tra le braccia, tenendomi a sé. Riuscivo a sentire ogni centimetro duro del suo corpo, il battito del suo cuore. Voltando la testa, sollevai lo sguardo su di lui, vidi la felicità nei suoi occhi blu. «Tutto qui?»

Gabe tornò al fianco di Tucker. Sembrava che gli piacesse incombere su di me, a entrambi. «Tutto qui?» ripetè. «Diamine, donna, ti desideriamo da una vita, forse da prima ancora che fosse giusto farlo. Ma abbiamo aspettato, ti abbiamo lasciata andare a scuola. Adesso però sei tornata e noi non ne possiamo più di essere pazienti. Gli uomini di Bridgewater si prendono ciò che vogliono e danno alle proprie donne ciò di cui hanno bisogno. Ora che nulla si frappone tra noi, siamo pronti. La domanda è, tu ci vuoi?»

«Entrambi?» aggiunse Tucker, accarezzandomi la schiena.

Ciò che stavano dicendo era come un sogno che si avverava. Sì! Sì che li volevo.

«Sì, certo che vi voglio. Io... Anch'io vi desidero da così tanto tempo.»

Entrambi sospirarono pesantemente ed io vidi le loro spalle rilassarsi.

«Davvero?» mi chiese Tucker.

Non avevo nemmeno saputo che loro mi desiderassero davvero, ma adesso era piuttosto chiaro. Erano così forti, così potenti, eppure io avevo potere su di loro. Mi ero dimenticata che anche loro avevano delle debolezze. Dei sentimenti.

«Pensavo si trattasse solamente di una cotta adolescenziale, ma... non è mai svanita,» ammisi. «Perfino dopo essermene andata a scuola, è tornata più forte di prima quando vi ho rivisti.»

«Noi ti proteggeremo, tesoro. Ci occuperemo di ogni tua

necessità. Ha visto quanto ti desidero,» disse Tucker. «Non farò altro fino a quando non avrai il nostro anello al dito. Sposaci.»

Era la seconda volta che lo diceva e ancora una volta non si trattava di una domanda, ma di un ordine. Non aveva importanza. Io lo volevo. Volevo loro. Davvero tantissimo.

Annuii. «Sì.»

Tucker indietreggiò dalla porta, attirandomi a sè e permettendo a Gabe di aprirla. Mi prese per mano ed io mi ritrovai giù per le scale e fuori al sole prima ancora di aver capito cosa stesse succedendo. Senza mutande. Avremmo dovuto discutere di quella cosa, ma avevo la sensazione che non l'avrei avuta vinta.

8

 ABE

Non avevo riflettuto tanto sul fatto che Robert avesse assunto il ruolo di giudice di pace. Non fino a quel momento. Adesso, stavamo attraversando Bridgewater a cavallo così che potesse celebrare il nostro matrimonio con Abigail. Di certo non ce la saremmo portata in paese per un matrimonio in chiesa. Non volevamo sprecare un solo minuto prima di farla nostra e di sicuro non volevamo che cambiasse idea. Il modo in cui era saltata in braccio a Tucker mi dava da credere che non ci avrebbe ripensato, ma non avevo intenzione di scoprirlo.

Osservare Abigail reagire alla sculacciata era stato... incredibile. Avevo saputo che non le sarebbe piaciuto, che si sarebbe opposta e si sarebbe dimenata nel tentativo di sfuggire alla mia mano, ma non ci aveva dato molte alternative. Per quanto ci avesse sorpresi con la verità riguardo al suo uomo di Butte, si era rifiutata di spiegare altro, per fino dopo un severo avvertimento. Aveva avuto bisogno che la sculacciassimo, che la facessimo parlare. Aveva *voluto* sottomettersi a noi, ricevere una ragione per raccontarci finalmente la verità.

E quando l'aveva fatto, quando si era arresa alla mia presa, ai miei ordini, era stato bellissimo. Non le sue lacrime, dal momento che quelle erano state difficili da osservare, ma il rilascio delle emozioni che aveva trattenuto, del peso, era stato incredibile. Ci aveva detto la verità, ci aveva consegnato il peso della sua menzogna così che potessimo farcene carico noi. E pensare che fosse stato tutto per via della sua cicatrice.

Adesso, però, adesso l'avremmo fatta nostra. Forse diventando suoi mariti le avremmo dimostrato una volta per tutte che quel segno non voleva dire nulla. La volevamo comunque come nostra sposa.

Andrew rispose alla porta e noi gli presentammo Abigail. Sul suo volto si aprì un ghigno quando scoprì il motivo della nostra visita. Lo seguimmo in salotto dove c'erano Robert, Ann e Christopher. Robert era sdraiato a terra accanto a suo figlio a giocare con un trenino di legno.

Si alzò quando vide Abigail.

Christopher vide Tucker e corse da lui, avvolgendogli le piccole braccia attorno ad una gamba. Lui prese il bambino in braccio e lo lanciò in aria. Una volta, poi un'altra.

«Abigail, conosci Ann, tuttavia non credo che tu abbia conosciuto i suoi mariti, Andrew e Robert.» Feci le presentazioni mentre Tucker teneva occupato il bimbo.

Lei rivolse un cenno del capo ai due uomini robusti ed io la vidi voltare leggermente di lato il viso. La sua mente era distratta dal motivo della nostra visita inaspettata, per cui dovetti immaginare che si trattasse di un'azione inconscia. Non vedevo l'ora di farle perdere quell'abitudine.

«Sono così felice che siate qui.» Ann lanciò un'occhiata a

me e poi a Tucker, con un ampio sorriso in volto, e prese le mani di Abigail tra le proprie. «Questi due non vedevano l'ora di averti tutta per loro.»

Vidi Abigail arrossire e Tucker roteò gli occhi, tenendo Christopher a penzoloni a testa in giù per le caviglie. Il modo in cui la volevamo tutta per noi era nel nostro letto. Nuda. Da soli. Con i nostri cazzi a riempirle la figa e il culo. L'erezione mi premeva contro i pantaloni al solo pensiero. Presto. Molto presto.

«Perdonate nostra moglie,» disse Robert, avvolgendo un braccio attorno alla vita di Ann. «Vorrebbe vedere tutti felicemente sposati.»

«Ecco perchè siamo qui,» replicò Tucker, rimettendo dritto il bimbo e passandolo ad Andrew. Con le mani libere, prese quelle di Abigail. «È giunto il momento di rendere Abigail nostra.»

Andrew gli diede una pacca sulla schiena e arruffò i capelli di Christopher. Il bambino era biondo, come Ann, ma anche un furbetto come tutti i ragazzini della sua età, con un sorrisetto malizioso a dimostrarlo.

«Non volete aspettare fino all'ora di cena così che tutti possano assistere?» domandò Robert.

Lanciai un'occhiata a Tucker.

«No,» dicemmo insieme.

Ann cercò di nascondere un sorriso, ma fu impossibile.

«Non abbiamo intenzione di aspettare un minuto di più,» aggiunsi.

Sollevai il mento di Abigail così che potessi guardarla negli occhi scuri. «Robert è un giudice di pace e celebrerà il rito. Sposerai legalmente Tucker, ma non avere dubbi, tesoro, sarai anche mia.»

Lei annuì leggermente, poi si leccò le labbra. Io trattenni il gemito provocato da quel piccolo gesto.

«Adesso, Robert,» praticamente ringhiai. «E la versione più corta.»

Lui sorrise e quel gesto ammorbidì i suoi lineamenti. «Molto bene.»

Presi l'altra mano di Abigail, unendoci tutti e tre. Lei lanciò prima un'occhiata a me, poi a Tucker, prima di guardare Robert. Era pronta. Non c'erano dubbi.

«Vuoi tu, Tucker Landry, prendere Abigail Carr...»

* * *

ABIGAIL

Ero sposata. *Ero sposata!* Per tutto il tempo in cui Robert aveva parlato, e non era stato molto, io avevo pensato al signor Grimsby. Non era ciò che avrebbe dovuto riempire i miei pensieri quando stavo sposando i due uomini dei miei sogni, ma non potei farne a meno. Avevo tre giorni per andare a Butte, dargli la spilla di mia madre e salvare Tennessee. Allora, e solamente allora, avrei potuto essere davvero libera di essere la moglie di Tucker e Gabe. Di non avere niente a frapporsi tra di noi. Ma loro mi avrebbero permesso di allontanarmi dalla loro vista? Erano piuttosto possessivi ed estremamente attenti.

Quando tornammo a casa loro e mi condussero nuovamente in camera di Gabe, tutti i pensieri sul signor Grimsby svanirono. Avevo tre giorni, ma, in quel preciso istante, loro erano miei. Finalmente.

«Hai mai baciato un uomo, tesoro?» mi chiese Tucker. «Prima di noi?»

Sollevai lo sguardo su quei bellissimi uomini e scossi la testa. «Solo... solo voi.»

Tucker rispose con un grugnito maschile.

«Sai che non ti faremo del male?» mi chiese Gabe, mentre mi accarezzava i capelli con la sua mano grande.

Piegai la testa contro il suo tocco e annuii.

«Hai paura?»

«Di quello che sta per succedere? No.»

Tucker sogghignò mentre Gabe spalancava gli occhi sorpreso.

«No?» mi chiese.

Scossi la testa.

«E perchè, tesoro?» mi chiese Tucker.

«Perchè...» Mi leccai le labbra secche. «Perchè lo voglio. Voglio voi.»

Il pollice di Tucker si spostò sul mio labbro inferiore e vi scivolò sopra. «Hai mai pensato a noi in questo modo? Che ti baciamo? Che ti tocchiamo?»

Mi sentii arrossire, lasciando trapelare la verità. «Non posso mentire,» dissi, per quanto avrei potuto farlo riguardo ad altro. «Non voglio farlo. Credo... credo che il mio corpo mi tradirebbe.»

Gabe si avvicinò, mi fece scivolare una mano lungo il collo, sulla spalla e fino in vita. Era così grande che il suo pollice mi sfiorava la curva inferiore del seno. «Sì, riusciamo a vedere che hai i capezzoli duri, perfino attraverso la camicetta.»

«Io... non posso farci niente.» Il pollice di Gabe si mosse avanti e indietro, più in alto, adesso, passando su tutto il seno. Quando mi sfiorò il capezzolo, sussultai. «Di più.»

«Di più?» ripeté Gabe, incurvando un angolo della bocca verso l'alto.

«Voglio le vostre mani su di me,» esalai. «Senza vestiti.»

«Sissignora,» disse Tucker, sbottonandomi subito la camicetta. Io sollevai il mento così che potesse raggiungere meglio i bottoni.

Mentre Tucker era all'opera, sollevai lo sguardo su di lui attraverso le ciglia. «Posso toccarti?»

«Tesoro, non devi mai chiederlo.»

Quando gli misi la mano sul petto, le sue dita si fermarono un istante e il suo sguardo incrociò il mio. Lo sostenne. I suoi occhi chiari si scaldarono mentre mi toglieva la camicetta ancora più in fretta. Sotto la punta delle mie dita, il suo corpo era caldissimo eppure duro come una roccia. Era come se fosse stato scolpito in una lastra di marmo.

Le braccia mi ricaddero lungo i fianchi mentre Tucker apriva i pochi bottoni della mia gonna per poi farmela scivolare lungo i fianchi e fino a terra. Non li sentii nemmeno respirare, mentre mi guardavano con indosso solamente la mia sottoveste, le calze e gli stivali. Le dita di Tucker si insinuarono sotto l'orlo della sottoveste e me la sollevarono di un paio di centimetri sulle cosce.

«Tesoro, mi piace il fatto che tu non abbia indosso le mutande.»

Non sapevo cosa dire. Se avesse sollevato ancora un po' le dita, avrebbero visto il mio punto più intimo. Volevo che lo facessero e la cosa mi tormentava. Me, e probabilmente anche loro. La trepidazione mi fece accaldare la pelle e accelerare il battito.

Gabe mi prese l'altro lato della sottoveste e la sollevò leggermente, le loro nocche che mi sfioravano la pelle nuda. «E il corsetto?» mi chiese.

«Non lo indosso. Non ce le ho... abbastanza grandi per averne bisogno.»

Entrambi non fecero nulla ed io sollevai lo sguardo su di loro, proccupata che fossero infastiditi dal fatto che la loro moglie avesse scelto di non indossare certi indumenti. «Vi assicuro che sono sempre decente,» dissi, sperando di alleviare qualunque loro preoccupazione.

Con dita abili, loro sollevarono con incredibile lentezza la sottile sottoveste, esponendo il mio corpo nudo. Io li guardai in volto. Sapevo che riuscivano a vedere i peli scuri all'apice delle mie cosce, il mio ventre morbido, i miei seni piccoli. Quando fu il momento, sollevai le braccia sopra la testa e loro gettarono l'indumento a terra. Me ne rimasi in piedi con indosso solamente le calze e gli stivali.

«Non sarai decente con noi,» controbatté Tucker, il suo sguardo che mi scorreva addosso.

Mi si indurirono i capezzoli sotto il loro sguardo attento e per via dell'aria fresca. Non ero certa di come potesse sembrarmi così fredda, mentre il mio corpo era tanto caldo. Lui si inginocchiò di fronte a me e abbassò lo sguardo sul mio corpo, fermandosi a fissare la mia figa. Sapevo che si chiamava così – una delle ragazze della scuola aveva detto che il suo spasimante aveva usato quel termine per indicare il punto tra le sue gambe. Tucker l'aveva detto prima. Inalò a fondo e gli sfuggì un gemito, mentre mi strattonava i lacci degli stivali, togliendomeli entrambi. Io portai le mani alle sue spalle per tenermi in equilibrio.

«È bagnata,» mormorò Tucker, gli occhi fissi non su ciò che stava facendo, ma sulla mia figa. «E la sua eccitazione ha un odore così dolce.»

«Mi chiedo che gusto avrà,» rispose Gabe.

Io sollevai lo sguardo su di lui, confusa. Gusto? Sapevo di essere bagnata, ma gusto?

Quando Tucker ebbe finito, lasciò le calze, ma non si alzò.

«Lo scoprirò.» Tucker mi baciò la coscia e lentamente si fece strada verso l'alto dove erano ricoperte dalla mia eccitazione. La sua lingua saettò fuori, leccandone un po'.

Sussultai di fronte a tale carnalità. La sua lingua mi scaldò la pelle lasciandosi alle spalle una scia di fuoco.

«Dolce,» rispose, e tornò a leccarne ancora. Si avvicinò alla mia figa, ma non mi toccò in quel punto. Sogghignò, le labbra lucide. «Di cosa hai bisogno, tesoro?»

Mi resi conto che gli stavo premendo le dita nelle spalle e che stavo spingendo i fianchi in avanti verso il suo viso.

«Non è lei quella sfrontata?» chiese Gabe, venendomi accanto. Le sue mani grandi mi fecero il giro per prendermi i seni.

«Oddio. Mi serve di più. Vi prego,» implorai. La rozza sensazione dei palmi di Gabe contro la mia pelle sensibile mi fece venire la pelle d'oca.

«Sissignora,» disse Tucker. Sembrava che gli piacesse dirlo, quando non vedeva l'ora di soddisfarmi. A giudicare dal modo in cui la sua lingua si lavorava la mia pelle gonfia, era *decisamente* impaziente di farlo.

La sua lingua era calda e talentuosa, a muoversi in cerchio attorno al mio piccolo nocciolo di piacere. Era così incredibilmente diverso da quando mi toccavo io, dal momento che Tucker sembrava sapere esattamente che cosa toccare, con quanta forza succhiarmi per farmi trasalire. Si era tirato indietro, prendendo un labbro in bocca per poi mordicchiarmelo. Fu una combinazione di piccoli pizzicori pungenti seguiti da calde leccate. Calore e pizzicore. Ancora e ancora.

E quelle erano solamente le attenzioni di Tucker. Gabe stava giocando coi miei seni, testando il loro peso, massaggiandone la carne prima di strattonarmi i capezzoli. Inizialmente con delicatezza, aggiungendovi qualche pizzicotto, poi con più forza.

«Le piace un po' di dolore,» disse Gabe a Tucker, mordendomi il collo per poi leccarlo con la lingua.

«Sì, mi è appena gocciolata in bocca.»

«Sei mai venuta prima?» mi sussurrò Gabe all'orecchio mentre me ne leccava il bordo.

Mi leccai le labbra. «Sì,» sussurrai.

La bocca di Tucker si immobilizzò su di me. «Con un uomo?» Sentivo il suo fiato colpirmi la pelle sensibile.

Scossi la testa, appoggiandomi alla spalla di Gabe.

Tucker grugnì in risposta e mi insinuò un dito dentro al mio canale vergine. Io mi sollevai sulla punta dei piedi, il che non fece che farmi indurire ancora di più i capezzoli tra le dita di Gabe.

«Verrai per noi, tesoro. Vogliamo vedere il tuo piacere. Dopodichè, ti scoperemo.»

Tucker ritrasse la bocca per parlare ed io piagnucolai. Lui mi leccò l'interno coscia mentre il suo dito continuava a curvare e scivolarmi dentro e fuori. Il leggero bruciore e la sensazione di venire allargata da quel singolo dito mi fecero domandare se sarei stata effettivamente in grado di accoglierli dentro di me. A giudicare dallo spesso rigonfiamento che avevo visto nei pantaloni di Tucker prima, dovetti avere qualche dubbio.

«È così stretta,» disse lui.

I fianchi di Gabe mi premettero contro il fondoschiena ed io sentii il duro profilo della sua erezione. No, non ci sarebbe stato. No di certo.

«Vi prego,» implorai di nuovo.

Avrebbero saputo cosa fare se non avesse potuto funzionare. Era troppo bello per continuare a farmi domande. Ci ero così vicina, così persa arresa alle loro mani e le loro bocche. Avevo la pelle madida di sudore, il fiato corto. Non riuscivo a muovermi, bloccata dalle mani di Gabe e dal dito di Tucker dentro di me.

«Hai il clitoride tutto duro. È in bella mostra.» Ci passò sopra la lingua ed io mi dimenai nella presa di Gabe. «Così sensibile. È arrivato il momento di venire, tesoro.»

Sì, vi prego.

La lingua di Tucker aggirò il mio clitoride, più e più volte, portandomi sempre più in alto. Le dita di Gabe mi pizzicavano i capezzoli, solo leggermente, ma quando Tucker mi succhiò il clitoride, la sua lingua che vi passava attorno, Gabe mi pizzicò più forte.

Io mi infransi in mille pezzi, urlando, il mio corpo che tremava e si agitava nella loro presa. Il piacere fu così intenso che non mi sembrò nemmeno più che il mio corpo mi appartenesse. Stavo andando alla deriva, volavo. Sempre più in alto.

Gabe mi lasciò andare i capezzoli, ma continuò a tenermi i seni, stringendoli delicatamente. Tucker mi leccò la pelle gonfia, ma fu altrettanto delicato, permettendomi di ridiscendere dal mio orgasmo.

«Oddio,» esalai. «Non è mai stato così quando lo facevo da sola.»

«Ti sei fatta venire tu, vero?» mi chiese Tucker, la voce scura e profonda. Roca.

«Bellissima,» mormorò Gabe. «Vieni facilmente, sei così reattiva. Con noi.»

Tucker si appoggiò ai talloni e utilizzò il dorso della mano per ripulirsi la bocca. Perfino attraverso le palpebre a mezz'asta, io sostenni il suo sguardo chiaro, restando in silenzio.

«Diccelo, tesoro. Ti dai piacere?»

Le mani di Gabe scivolarono lungo il mio corpo per tenermi in vita.

«Sì.» Non potevo mentire. Non volevo farlo. Non su quello. Non sembravano arrabbiati. Non mi avevano chiamata altro che sfrontata. Mi piaceva, specialmente dal momento che loro erano gli unici due che sapevano una cosa del genere sul mio conto.

«Come?» mi chiese Gabe. Una delle sue mani scese tra i miei riccioli e mi strinse la figa. «Ti tocchi qui?» L'altra sua mano mi scorse sulle natiche e ancora più in basso fino a quel punto proibito. Picchiettò una volta sull'apertura inviolata, poi un'altra. «Qui?»

Io trasalii. Tucker mi osservò con attenzione, la mascella

serrata. Riuscivo a vedere la mia eccitazione che luccicava ancora sul suo mento.

«Sì... e no.»

«Facci vedere,» disse Tucker.

Prima che potessi rispondere, Gabe mi prese tra le braccia e mi fece sdraiare al centro del letto. Tucker si alzò e afferrò la pediera di ferrro mentre mi osservava. Con un cenno del mento, ripetè, «Facci vedere.»

Li guardai entrambi. Erano del tutto vestiti, mentre io ero completamente nuda ed esposta. Era una sensazione decadente, sfrontata. Mi avevano fatta venire con un'abilità incredibile. Era ciò a cui avevo pensato sin dal picnic. Erano davvero passati solamente pochi giorni da quando ero tornata e li avevo rivisti? Avevo voluto che mi toccassero come avevano fatto, che mi guardassero come stavano facendo in quel momento. Sguardi eccitati, mascelle serrate, muscoli tesi come se fossero stati sul punto di saltarmi addosso e si stessero trattenendo.

«Fai la brava ragazza e faccelo vedere, tesoro,» disse Tucker.

«E se non lo facessi?» Riuscivano a vedere il mio sorriso insolente.

Gabe mi indicò. «Il tuo culo diventerà bello rosso e ti riempiremo l'ano con un plug. A quel punto aprirai le gambe e ci farai vedere come ti fai venire.»

9

BIGAIL

Lui fece spallucce e guardò il fratello. «Forse dovremmo farlo subito e basta.»

Tucker annuì. «Sono d'accordo.»

Io mi alzai a sedere sorpresa. «Cosa? Stavo solo scherzando!»

Tucker fece il giro del letto e mi spinse sulla schiena. Rimbalzai sulle coperte morbide. Prima di poter fare altro che sussultare, lui mi afferrò per un fianco e mi fece girare a pancia in giù. Un altro paio di mani mi sollevarono il bacino tirandomi su a quattro zampe.

«Che state-»

«Afferra la testiera, tesoro.» Tucker mi baciò la spalla, mentre io mi sollevavo e afferravo il ferro freddo. Voltando la testa, lo guardai negli occhi. Vi scorsi felicità e divertimento. «Fidati di noi. Lo adorerai.»

Non ne ero così convinta, ma fino a quel momento non avevano fatto nulla per farmi dubitare di loro.

«Non voglio un'altra sculacciata,» chiarii.

Tucker mi schiaffeggiò una sola volta e molto delicatamente. I miei fianchi si mossero, più per la sorpresa che per il dolore. Non mi aveva fatto per niente male, mi aveva solamente fatto formicolare la natica. I punti in cui mi aveva sculacciata Gabe prima erano sensibili e si scaldavano in fretta. Quelle sensazioni si fondevano fino a diffondersi in tutto il mio corpo.

Tucker continuò a darmi delle piccole pacche su tutto il sedere ed io mi scoprii a spingere indietro le natiche in cerca di altro. Quella non era una punizione. Non lo sembrava, specialmente visto il modo in cui lui si chinò in avanti e mi baciò lungo la nuca nel mentre. Quando mi voltai a guardarlo, lui sollevò la testa e mi baciò la bocca. La sua mano si fermò, posandosi sulla pelle infiammata delle mie natiche. La sua lingua si insinuò nella mia bocca ed io riuscii a sentire il mio sapore. Dolce e muschiato. Il bacio proseguì, le labbra di Tucker che imparavano ogni curva, ogni centimetro delle mie. Fu solo quando sentii una seconda mano sul mio sedere che trasalii e interruppi il bacio. Voltando la testa, vidi Gabe inginocchiato accanto a me dall'altro lato, con in mano un piccolo oggetto di legno ricoperto da qualcosa di lucido e bagnato.

«Questo è un plug per il tuo ano. Ti scoperemo lì dentro. Uno di noi dentro la tua figa, l'altro dentro il tuo culo.» Gabe sogghignò. «Lo adorerai. Questo plug ti preparerà.»

«Adesso?» Cominciai ad andare nel panico all'idea dei loro enormi cazzi che si infilavano lì dentro. Dubitavo che riuscissero a stare già solo nella mia figa, figuriamoci... *lì*.

«Non spaventarti. Non oggi. Non fino a quando non sarai pronta.»

«Gabe,» dissi io, la voce esitante. Non dissi altro, dal

momento che sapeva che stavo avendo dei dubbi al riguardo, a prescindere da quello che aveva detto.

«Shh,» mi canticchiò lui, abbassando lo sguardo. Io sentii l'oggetto duro premermi contro l'ano. La sua freddezza mi fece sussultare, ma con una mano di entrambi sulle natiche, a tenerle aperte, non riuscivo a muovermi. Tucker voltò la testa e mi baciò di nuovo. Ero felice di quella piacevole distrazione. Il mio corpo si ammorbidì sotto le sue labbra abili e Gabe mi punzecchiò delicatamente l'ano per aprirlo. Si prese il suo tempo e fu molto delicato, ma la sensazione della punta sottile che mi scivolava dentro fu strana. Mi bruciò un po', una sensazione intensa, accesa e molto sensibile.

«Ecco, Abigail. Sei una così brava ragazza. Lo stai prendendo così facilmente. Scommetto che è strano, ma bellissimo.»

A quel punto io gemetti contro la bocca di Tucker perchè era bello eccome. Per quale motivo, non ne avevo idea. *Non avrebbe dovuto* essere bello. Gabe non avrebbe dovuto avere ragione. A me non sarebbe dovuto piacere, ma sembrava che qualunque cosa facessero quei due, io la desiderassi.

All'improvviso, il plug si sistemò dentro di me ed io ne percepii la larga base nel tenerlo al suo posto. La mano di Gabe scivolò avanti e tra le mie cosce.

«Così bagnata,» mormorò, toccandomi la figa per la prima volta.

Tucker sollevò la testa ed io mi sentii le labbra gonfie e formicolanti.

«Toccati,» mi sussurrò, gli occhi così vicini ai miei. «Abbassa una mano e fatti venire.»

Lasciai andare la testiera del letto con una mano e me la portai tra le gambe, sentii le dita di Gabe, umide della mia eccitazione. Loro si spostarono ed io mi toccai la pelle calda. Non l'avevo mai sentita così bagnata, così gonfia. Posando le dita centrali sul mio clitoride, feci pressione e le mossi in circolo come ero abituata a fare. Chiusi gli occhi e piegai indietro la testa. Era la stessa sensazione di quando l'avevo fatto da sola nel mio letto, ma meglio. La sensazione delle mie dita *e* il plug nell'ano lo rendevano molto più intenso. Il dito di Tucker dentro di me solamente poco prima mi aveva fatto contrarre l'ano vergine, desideroso di essere riempito. Fu come essere stuzzicata, specialmente quando entrambi mi presero un seno e ci giocarono.

Non mi ci volle molto a venire, sapendo che mi stavano guardando. Inarcai la schiena e gridai, i muscoli interni che si contraevano.

Ansimando, lasciai cadere la testa tra le braccia.

Sentii gli uomini spogliarsi, ma riaprii gli occhi solamente quando sentii il loro peso schiacciare il materasso a entrambi i miei lati. Lanciai prima un'occhiata a Gabe, tutto pelle abbronzata e capelli scuri. Le linee slanciate del suo corpo portavano dritte ad un cazzo decisamente grande e decisamente eretto. C'era del liquido trasparente che ne fuoriusciva dalla punta e, quando lui se ne afferrò la base, usò il pollice per tirarlo via.

«Avremmo anche aspettato per metterti il plug nel culo, ma non sei una verginella timida.»

Io strinsi la testiera di fronte a quella sua convinzione errata. «Io... sono inviolata,» risposi, col disperato bisogno di fargli sapere che appartenevo loro in ogni modo.

Gabe sogghignò, accarezzandomi i capelli con la mano libera. «Ma certo che lo sei, ma sei anche molto passionale e ti piace ciò che ti facciamo.»

Tucker si mise in ginocchio sul letto e a quel punto guardai lui. Il suo corpo era così grande, così robusto, proprio come il suo uccello.

«Temevamo che i nostri desideri sessuali potessero spaventarti, ma credo che starai meravigliosamente al passo.

È arrivato il momento, tesoro. Ti scoperò con il plug dentro. Sarà così stretto, così bello. Ogni singolo nervo a fondo dentro di te prenderà vita e ti farà venire così forte.»

Lasciai andare la testiera e mi voltai verso di lui. «Non penso che ci starai,» ammisi, preoccupata di cosa avrebbero fatto a quel punto.

Lui mi prese per le braccia e mi baciò la fronte. «Sei così ben bagnata ed elastica, adesso, impaziente di avere i nostri cazzi. Non penso ci sia alcuna verginità da spezzare, tesoro. Quando ti ho infilato il dito dentro, è andato ben in fondo.»

Mi accigliai a quelle parole. «Ma... io sono-»

Gabe mi si premette contro da dietro, il suo corpo così caldo contro il mio. Mi trovavo tra di loro. Dio, il calore era incredibile. «Sappiamo che sei vergine. Rende solamente le cose più facili per te. Per tutti noi. Non dovrebbe esserci alcun dolore per te la prima volta.»

«Solamente piacere.»

Tucker annuì, dopodichè mi prese le mani nelle sue, riportandole alla testiera. Gabe si spostò e Tucker prese il suo posto, sistemandosi dritto dietro di me, una mano ancora posata sulla mia e l'altra che allineava il suo uccello alla mia apertura.

«Piano piano, tesoro.»

La sua voce era così gentile, così tenera, e per questo io mi rilassai, con la sensazione del suo petto premuto contro la mia schiena. I pochi peli morbidi che aveva sul petto mi solleticavano la pelle, mentre la punta larga del suo uccello scivolava oltre le mie labbra e proseguiva all'interno, ma solamente di un po'.

«Oh.» Trasalii nel sentirlo allargare la mia pelle sensibile, aprendomi. Era grande ed io ero stretta, ma era così bello.

Spingendosi dentro un po' di più, cominciò a riempirmi. Dentro e fuori fino a quando non fui del tutto piena. Il suo cazzo ci stava, e alla perfezione, anche, riempiendomi fino all'orlo. Avevano ragione; non ci fu dolore, nessuna verginità da spezzare.

L'altra mano di Tucker andò a posarsi sulla mia sulla testiera, il suo corpo completamente premuto contro il mio dalle ginocchia fino ai fianchi e al petto.

«Tutto a posto, tesoro?» mi chiese. Si stava trattenendo per me mentre il suo fiato caldo mi colpiva il collo.

Lentamente, io rilassai tutti i muscoli, perfino quelli interni, che si erano stretti attorno al suo uccello. Come se avrebbero potuto fermarlo. Tuttavia dovevo abituarmi alla sensazione di venire riempita. Era strana, ma bella. No, molto più che bella. Espirai e mi rilassai e lui scivolò dentro ancora un po'.

«Sì,» esalai, annuendo. «Sto bene.»

«Dolore?» mi chiese lui, baciandomi sulla spalla. Era così paziente, nonostante sapessi che voleva muoversi. Ce l'aveva avuto così duro e pronto per me. A giudicare dal modo in cui mi stava allargando, era ancora più grande, adesso.

Scossi la testa e, per un brevissimo istante, la realtà si fece strada nella mia mente annebbiata. «Ma... mi stai... mi stai prendendo così perchè non vuoi vedermi in volto?»

Tutto il corpo di Tucker si irrigidì. Già prima non si stava praticamente muovendo, ma adesso non stava nemmeno respirando. «Ti sto prendendo così perchè posso spingerti il plug dentro.» Spinse i fianchi in avanti e fece proprio ciò che aveva detto. Io risposi con un piccolo sibilo di fronte a quella sensazione oscura. «Sto facendo così per darti la sensazione di venire scopata anche lì. Lo adorerai quando ti prenderemo insieme, ma non lo faremo fino a quando non sarai pronta. E poi, ti sto scopando da dietro così da poterti toccare ovunque.»

Allungò una mano tra le mie gambe e mi accarezzò delicatamente il clitoride in circolo. «Così.» L'altra sua mano andò a prendermi il seno. «E così.»

«Pizzicale il capezzolo,» disse Gabe a suo fratello. «Le piace.»

Tucker lo fece e quel leggero dolore in qualche modo si tramutò in un piacere che mi scorse fin tra le gambe. Non potei fare a meno di stringermi attorno a lui.

«Mmm, le piace eccome. Mi ha appena gocciolato addosso.»

Sospirai nella sua presa. Non si era trattato della cicatrice. Non ci aveva nemmeno pensato. Solo piacere, come avevano detto loro stessi. Mi sentivo... circondata, per cui mi arresi con un semplice, «Sì.»

Le dita di Tucker mi scivolarono avanti e indietro sul clitoride, mentre lui si ritraeva quasi del tutto da dentro di me, per poi entrare di nuovo. Gemette ed io ne sentii la vibrazione contro la schiena. La sola sensazione di averlo così a fondo dentro di me mi portò al limite dell'orgasmo. Mi ero eccitata a tal punto, così bramosa dei loro cazzi che non sarei durata a lungo.

«Guarda Gabe, tesoro. Ti sta osservando mentre mi prendi tutto dentro.»

Voltandomi, lanciai un'occhiata a Gabe. Aveva gli occhi socchiusi, le labbra rosse, le guance arrossate. Si stava accarezzando l'uccello. In attesa, in preparazione.

Era una cosa così carnale, così decadente che non riuscii a trattenermi. Non volevo. Mi strinsi attorno all'uccello di Tucker e venni. Così. Spalancai gli occhi sorpresa di fronte a quell'improvvisa esplosione di piacere.

«Merda, mi è appena venuta sul cazzo,» ringhiò Tucker, le mani che si stringevano sulle mie.

«Lo so. Tutto ciò che ha fatto è stato guardarmi,» aggiunse Gabe, la voce così piena di meraviglia mentre cominciava a menarselo un po' più velocemente.

Avevo gli occhi chiusi mentre quel calore sfrigolante mi mozzava il respiro. Tucker aveva avuto ragione. A fondo dentro di me, ovunque il suo uccello mi toccasse, ovunque arrivasse il plug, mi sentivo viva. Le spinte mi facevano formicolare, accaldare e mi immergevano in un delizioso piacere. Non era stato minimamente come quando mi ero toccata da sola.

«Non riesco più a stare fermo.» Tucker mi baciò la nuca e si sollevò sulle ginocchia, le mani che mi scivolavano lungo il corpo per posarsi sui miei fianchi. Fu allora che mi prese.

Prima, si era trattato solamente di farmi abituare alla sua presenza. Non ero più vergine e lui aveva intenzione di dimostrarmi esattamente come quella... scopata andava fatta.

Quello era ciò a cui avevo pensato, ciò che avevo desiderato. Non avevo mai saputo che una donna potesse essere presa da dietro, ma Dio, lo adoravo. Non fu rozzo, ma non fu nemmeno delicato, tirandosi fuori quasi del tutto per poi spingersi di nuovo dentro fino in fondo, i suoi fianchi che si scontravano col mio sedere in fiamme ogni volta. Continuò a prendermi fino a quando non sentii le sue dita stringere la presa, il suo uccello gonfiarsi e un verso profondo e gutturale sfuggirgli dalle labbra. Sentii i caldi fiotti del suo seme riempirmi.

Non ero venuta di nuovo, ma aveva mantenuto il mio desiderio acceso. Avevo il respiro pesante quanto il suo e adoravo averlo reso a quel modo, sapere che il mio corpo era abbastanza piacevole, che io andassi abbastanza *bene* da farlo venire a sua volta. Quando si ritrasse e si allontanò, io mi accasciai sul letto, il suo seme caldo che mi gocciolava fuori.

«Non hai ancora finito, tesoro,» mormorò.

Un altro corpo muscoloso mi venne sopra e mi baciò brevemente, facendomi girare sulla schiena. «Con due mariti, sarai piuttosto occupata.»

Io aprii gli occhi. Era Gabe. Non potei non sorridergli. Lui mi baciò, la sua barba morbida e un po' solleticante. Aveva un sapore diverso; un odore diverso. Mi dava una *sensazione* diversa. Mi aprii subito per lui, spostandomi così che potesse sistemarsi sopra di me. I peli del suo petto mi solleticarono i seni e, quando la sua mano mi afferrò la nuca, il suo pollice mi accarezzò la fronte sudata prima di spostarsi sulla pelle raggrinzita della mia cicatrice. Non aveva intenzione di ignorarla e me lo fece sapere con quella semplice carezza. Ce l'aveva ancora duro, impaziente di avermi.

Utilizzando un ginocchio, mi allargò le gambe ed io sentii il suo cazzo contro la mia apertura. Non smise di baciarmi mentre mi entrava lentamente dentro. Mi dimenai per via delle sue dimensioni. I miei muscoli sensibili erano allargati al massimo. Per quanto vidi l'oscuro desiderio che gli brillava negli occhi, vi scorsi anche tenerezza, la sentii nel modo in cui mi stava scopando. Delicatamente, come se fossi stata fatta di vetro soffiato. Ma non mi sarei rotta.

«Ti prego.» Sollevai i fianchi per andare incontro alla sua spinta. «Di più.»

Sollevandosi sulle mani, lui rimase sospeso sopra di me. I suoi occhi scuri si fecero quasi neri. Aveva una certa intensità, adesso, un desiderio carico di eccitazione che lo trasformava da tenero e quasi dolce a virile e possente.

«Lo vuoi più forte?»

Annuii, mordendomi un labbro.

Lui si tirò fuori.

«No!» esclamai, afferrandolo per le spalle e attirandolo di nuovo a me.

«Non vado da nessuna parte, ma se vuoi una bella scopata, devo toglierti il plug.»

Rimettendosi in ginocchio, lui me lo estrasse delicatamente dal corpo e, quando ne uscì, io sospirai. Stringendo i muscoli interni, mi sentii vuota. Ovunque.

«Ti prego,» sussurrai. Avevo bisogno di averlo di nuovo dentro di me. Sopra di me. Proprio come aveva detto al picnic.

Lui tornò in posizione, abbassò la testa e mi baciò di nuovo.

«Non possiamo negarti nulla... oggi. Per quanto tu possa pensare di avere il controllo della situazione, non confondere la nostra gentilezza per debolezza.»

Non capii del tutto che cosa intendesse, ma lui mi affondò dentro in un'unica, lunga spinta forte e la mia mente si azzerò. Prendendomi con una mano da dietro il ginocchio, mi aprì di più. Tirandosi indietro, si spinse di nuovo a fondo.

Urlai per quanto a fondo mi era entrato, sorpresa che il suo cazzo così grande ci stesse. I suoi testicoli mi colpivano le natiche, che erano sensibili e indolenzite per via della sculacciata di prima. Ero anche incredibilmente sensibile per via del plug.

«Sei bagnata del seme di Tucker,» disse Gabe. Aveva la mascella serrata e il sudore che gli colava dalla fronte. «Non durerò a lungo. Sei così stretta, così eccitante.»

I suoi finchi cominciarono a pomparmi dentro, con forza e con rapidità; i colpi bagnati risuonavano nella stanza. I miei seni ondeggiavano e lui mi stava lentamente spostando sul letto ad ogni spinta.

Qualunque punto dentro di me che la tenera scopata di Tucker aveva risvegliato venne sfregato dall'uccello di Gabe e dalle sue azioni più aggressive. Il mio corpo non ebbe scelta se non cedere a quell'assalto a pieno regime, così violento e brutale. Ciò che avevo voluto... e di cui avevo avuto bisogno. Non potei impedirmi di urlare di piacere, nè potei evitare l'orgasmo che mi dilaniò. Spalancai la bocca e gridai il suo nome, il mio corpo che si stringeva e pulsava attorno al cazzo di Gabe.

«Merda, mi sta spremendo fuori il seme.» Lui si spinse dentro ancora una, due volte, poi urlò mentre raggiungeva il proprio orgasmo. Affondato dentro di me, venne, unendo il suo seme a quello di Tucker. Ero a pezzi, il mio corpo esausto per via di tutto il piacere che i miei due mariti ne avevano estratto. L'avevano fatto anche con una tale facilità. Tuttavia, adesso ero lì accasciata, priva di energie e priva di sensi. Sentii a malapena Gabe tirarsi fuori da me o loro che mi mettevano sotto le coperte. A quel punto dormii, contenta, soddisfatta e meravigliosamente indolenzita, elettrizzata all'idea che essere la loro moglie era meglio di qualunque sogno avessi mai fatto.

10

«Buongiorno, tesoro.»

Abigail si mosse sopra di me. Durante il sonno, mi era venuta tra le braccia fino ad appoggiare la testa contro la mia spalla, il suo corpo girato contro il mio. Una delle sue gambe era gettata sopra la mia e riuscivo a sentire il calore della sua figa contro la coscia. Mi ero svegliato all'alba e mi ero limitato a godermi la morbida sensazione del suo corpo, facendole scorrere le dita tra i lunghi capelli mentre lei continuava a dormire. Per quanto l'avessimo stravolta con una bella scopata appassionata, lei ci aveva stupiti.

L'entità della sua passione non era stata una sorpresa, ma era talmente eccitata e aperta al riguardo. Aveva mostrato timore, non preoccupazione di fronte all'atto di rivendicare la sua verginità. Io ero entusiasta del fatto che non avesse avuto una barriera da infrangere. Nessun dolore per lei. Solo piacere a occhi spalancati.

Ci eravamo aspettati di insegnarle cosa volesse dire scopare passo per passo, con calma, cosa volesse dire stare con due uomini. Di prendercela comoda e permetterle di abituarsi a stare con noi, alle cose che volevamo fare con lei e a lei. Ma lei aveva voluto tutto. Appassionatamente, disperatamente. Aveva avuto qualche riserva riguardo alla sculacciata, ma aveva scoperto presto che le piaceva, se non altro quando non si trattava di una punizione, ed io ero felice di averle mostrato quella differenza. Perfino il plug nel suo culo. Ci eravamo aspettati lacrime e settimane di persuasione per farle accettare il fatto che ce la saremmo scopata nel culo, ma Abigail lo voleva. Lo adorava.

Mi pulsò il cazzo al ricordo di quanto fosse stata stretta, a scoparmela con anche il plug inserito.

E la sua capacità di venire! Era così reattiva, così sensibile.

Abigail si irrigidì un istante, poi si rilassò di nuovo contro di me. Era sveglia. «Tucker.»

«Non sei abituata a svegliarti con un uomo nel letto?»

Sarebbe stato meglio di no.

«Dov'è Gabe?» mi chiese, la voce roca per via del sonno.

«Nelle stalle. Ha detto, una volta che ti sarai alzata, di andare lì da lui.»

Lei guardò fuori dalla finestra. «Il sole è alto. Quanto abbiamo dormito?»

«Fino a tardi,» replicai io, ma non le diedi un tempo. Non aveva importanza. Non avevo mai dormito fino a così tardi in vita mia, né mi ero mai svegliato con una donna nel letto. A parte le spose di Bridgewater, nessuna donna si era mai trovata in quella casa.

Tuttavia adesso c'era Abigail, tra le mie braccia dove avrebbe dovuto stare. Non potei impedirmi di provare un certo orgoglio maschile. Era ben soddisfatta, l'avevamo sfinita. Non era abituata alle attenzioni di un uomo, figuriamoci di due, e aveva bisogno di riposare. Specialmente se avevamo intenzione di prendercela di nuovo. A giudicare dal modo in cui l'uccello mi si rizzò al solo pensiero, volevo farlo subito. «Indolenzita?»

Il suo dito mi disegnò pigramente dei cerchi sul petto, il che, per essere un gesto tanto mite, mi stava facendo venire una voglia disperata di affondarle dentro di nuovo. «Non tanto.»

Non pensavo che fosse del tutto onesta, ma a giudicare dal modo in cui mi stava facendo scorrere la gamba su e giù lungo la mia, praticamente facendosi la mia coscia, non sembrava importarle.

A me sì, però. Non volevo farle del male. Poteva anche non aver avuto una verginità da infrangere, ma il suo corpo non era abituato a prendersi due cazzi. E un plug. Doveva essere gonfia e sensibile.

«Non vedi l'ora di venire, tesoro?»

Lei sollevò la testa e appoggiò il mento sul mio petto. Aveva i lineamenti morbidi per via del sonno e, con i capelli scompigliati, aveva l'aspetto di una donna ben scopata. «Mmm, sì, ti prego.»

«Piccola insaziabile,» ringhiai.

Adoravo quella sua onestà, la verità che le brillava negli occhi. Non si nascondeva dai propri desideri ed io l'avrei premiata per questo.

Muovendomi, la feci distendere sulla schiena così da salirle sopra. Le feci scorrere una mano lungo il ventre e tra le cosce. Non ci fu alcuna esitazione o imbarazzo da parte sua, dal momento che aprì le gambe per me. Facendole scivolare dentro un dito, gemetti. «Riesco a sentire il nostro seme. Sai quanto ce l'ho duro per questo?»

Lei fece le fusa e inarcò la schiena sotto la mia carezza delicata. «Riesco a sentirlo.» Un ghigno le si aprì in volto, mentre si stiracchiava languida.

Scivolai lungo il suo corpo leccandole la pelle sensibile.

«Tucker!» esclamò lei. Non se l'era aspettato. Per quanto fosse così aperta e impaziente, era ancora innocente.

La sua pelle era calda e profumata ed io la leccai di nuovo. «Hai un gusto diverso dopo che ti abbiamo scopata.»

Le sue mani si spostarono tra i miei capelli, strattonandoli, poi spingendomi contro di sé, mentre io trovavo il suo clitoride. Vi passai attorno con la lingua.

Il mio cazzo duro premeva contro il letto ed io spostai i fianchi per stare più comodo. Le sarei entrata dentro una volta che fosse venuta, ma non nella sua figa indolenzita.

Lei urlò con un misto di sorpresa e decadente piacere ed io seppi che sarebbe stata la sua bocca la mia prossima vittima.

* * *

ABIGAIL

Andai nella stalla da sola. Tucker mi aveva scopata e poi nutrita. Be', non mi aveva scopata come avevano fatto la notte prima, ma dopo aver messo la bocca su di me e avermi fatta venire – in una maniera molto carnale – mi aveva messa in ginocchio sul pavimento e mi aveva infilato il cazzo in bocca. Era stato gentile e paziente mentre mi aveva detto che cosa fare con una mano sulla mia nuca, mi aveva guidata, mentre gli leccavo la punta larga, prelevandone il liquido trasparente che fuoriusciva dalla fessura stretta. Dopo, me l'aveva fatto prendere il più a fondo possibile, per poi tirarsi indietro. Ancora e ancora, fino a quando non si era gonfiato all'inverosimile dentro la mia bocca e mi aveva ricoperto la lingua del suo seme denso.

Dopo che l'avevo deglutito tutto, lui mi aveva sfregato un pollice contro l'angolo della bocca, catturandone una goccia rimasta, ed io gliel'avevo leccata via. Mi aveva tirata su in piedi tra le sue ginocchia aperte e mi aveva baciata. Io mi ero sentita ben amata, non solo fisicamente, ma anche emotivamente. A giudicare dal sorriso che aveva avuto lui sulle labbra, lui era stato soddisfatto e compiaciuto.

Tuttavia, mentre attraversavo l'erba alta in direzione della stalla, mi ricordai ancora una volta del problema che ancora incombeva su di me. Il signor Grimsby. Avrei dovuto lasciare Gabe e Tucker per tornare a Butte. Ero certa che si sarebbero rifiutati di farmi affrontare il viaggio se gliene avessi parlato, ma James mi aveva negato solamente lo spostarmi da sola.

E se loro fossero venuti con me, o perfino al mio posto, avrebbero potuto farsi del male. Rabbrividii, pensando al modo in cui il signor Grimsby brandiva la sua pistola, a lui che sparava ad uno dei miei uomini. Sì, erano miei, proprio come io appartenevo a loro. Avrei potuto andare da sola. Il signor Grimsby non voleva *me*. Nn mi riteneva attraente con la mia cicatrice. Gli avrei semplicemente dato la spilla e me ne sarei andata, con Tennessee.

Avevo solamente altri due giorni per salvarla, per cui sarei dovuta partire presto. Ma cosa avrebbero pensato di me una volta che avessero scoperto la verità? Non avevo mentito riguardo alla situazione di Tennessee, solo non avevo raccontato loro tutto. Avrei dovuto solamente sperare che, una volta tornata, avrebbero capito. Stavo aiutando un'amica... e stavo tenendo loro al sicuro.

Quando andai nelle stalle e Gabe attraversò il lungo corridoio centrale per venirmi incontro, seppi che mi avrebbero odiata. Non avrei più visto quel bagliore compiaciuto nei suoi occhi, l'oscura promessa di ciò che le sue mani, la sua bocca e il suo cazzo potevano farmi. Mi presi un istante per rifarmi gli occhi sulle sue spalle ampie, la vita sottile, i muscoli forti. Sapevo che sensazione mi desse sotto le mani, che profumo avesse, come baciasse, come scopasse. Era una cosa intima, quella consapevolezza, e mi piaceva. Quella vicinanza. Era diversa da qualunque altra relazione avessi mai avuto. Era... di più. Be', era amore.

Scaldandomi sotto il suo morbido bacio, mandai giù la mia preoccupazione circa la loro reazione una volta che fossi andata a Butte. Lasciai che i pensieri spiacevoli scivolassero via.

«Dormito bene?» mi chiese.

Sollevai una mano e gli feci scorrere le dita nella barba mentre annuivo. Era morbida e così diversa dalla mandibola rasata di Tucker. Mi piacevano le loro differenze, uno più tenero, l'altro esigente. Erano un po' come il sale e il pepe, ma erano entrambi gli uomini che desideravo.

«Indolenzita?» mi chiese, scrutando il mio volto.

Non potei fare a meno di roteare gli occhi, ma era bello che si preoccupasse. «Me l'ha già chiesto Tucker.»

«Ah sì?» Mi accarezzò la guancia con le nocche.

«Mmm,» risposi. «E io gli ho detto di no.»

«E poi?»

«E poi?» ripetei io, confusa.

«Poi cosa ha fatto Tucker?»

Io arrossii violentemente. «Poi mi ha fatta venire di nuovo prima di infilarmi il cazzo in bocca.»

Lui assottigliò lo sguardo con un'oscura passione. «Ah sì?» ripetè.

«Ma buongiorno.»

Io e Gabe ci voltammo verso i tre uomini che erano entrati senza che ce ne accorgessimo.

Erano grandi quanto Gabe e Tucker, come se ci fosse stato qualcosa a Bridgewater che gonfiava gli uomini.

«Dobbiamo ancora conoscere la vostra ragazza,» disse quello nel mezzo.

Gabe mi passò un braccio attorno alla vita. «Rhys, Simon e Cross, lei è Abigail, mia moglie.»

«Sì, e anche di Tucker.» Fu quello nel mezzo a parlare di nuovo. Simon. Aveva un accento scozzese e il sorriso facile.

«Olivia è la loro moglie,» mi disse Gabe.

«Sì, io e lei ci siamo conosciute al picnic la scorsa settimana. Mi dispiace che non abbiamo avuto occasione di presentarci.» Mi guardai attorno. «È qui con voi?»

Cross scosse la testa. Il suo volto fu attraversato da un ghigno. «Sta dormendo per recuperare le energie dopo le nostre attenzioni mattutine.»

Sapevo cosa intendesse, dal momento che ne avevo ricevute anch'io da parte di Tucker. Tuttavia, arrossii comunque.

«Se vuole avere un figlio, allora dobbiamo tenere la sua figa piena del nostro seme,» aggiunse Rhys, le parole tronche per via di un accento totalmente britannico. Riconobbi il suo sorriso come quello di un maschio soddisfatto e possessivo.

Non avevo mai sentito nessuno parlare tanto apertamente del desiderare un figlio e di provare a farne uno, comunque.

Gabe abbassò lo sguardo su di me, le sopracciglia alzate. «Magari abbiamo fatto un figlio ieri sera?»

Spalancai la bocca nel rendermi conto che c'era quella possibilità. A giudicare da quanto aveva detto Tucker prima, avevo ancora il loro seme a fondo dentro di me.

Lo guardai per un altro istante prima di voltarmi verso gli altri. «È un piacere conoscervi.» Non avevo intenzione di rispondere alla domanda di Gabe, dal momento che la consideravo retorica.

«Vi unirete a noi per il pasto di mezzogiorno?» chiese Cross. A giudicare dal suo accento, sembrava essere l'americano del trio.

«Voi non siete ricomparsi per tre giorni, quando avete sposato Olivia,» controbatté Gabe. «Pensi che ci saremo?»

Cross sogghignò. «Siamo in tre, tre giorni. Voi ve ne

beccate solo due.» Trovavano tutti divertente quel battibecco, le loro risate che riecheggiavano sulle pareti della stalla, mentre io mi sentivo solamente un po' in imbarazzo. Stavano prendendo in giro Gabe – e Tucker per quanto non fosse presente – più che me, per cui non me la presi troppo a cuore.

«Allora devo darmi da fare.» Gabe mi strinse la spalla e mi lanciò un'occhiata. «Penso che io e Tucker dovremo adottare il tuo modo di pensare, Rhys. Se vogliamo un figlio, dovremo tenere la figa di Abigail piena.»

Trasalii e mi voltai di scatto verso mio marito. Prima di poter dire una sola parola, lui si chinò e mi gettò in spalla.

«Gabe! Mettimi giù.» Gli picchiai la schiena.

Sentii gli altri uomini ridere mentre Gabe mi portava più in fondo nella stalla. Chiuse una porta con un calcio prima di rimettermi in piedi.

«È stato imbarazzante!» esclamai. Ci trovavamo in una stanza in cui venivano tenuti i finimenti, con morsi, redini e diverse attrezzature da equitazione appese ordinatamente a dei ganci nelle pareti. L'odore di cavallo e di cuoio riempiva quel piccolo spazio.

Gabe fece spallucce. «È così che si fa a Bridgewater. Ci occupiamo delle nostre mogli e delle loro necessità.»

«E la mia necessità era che dicessi loro che dovevamo scopare?»

Il suo sguardo si accese. «Adoro il modo in cui dici scopare.»

«Gabe,» lo ammonii.

«Olivia vuole un figlio ed è compito dei suoi uomini darglielo. Sono sposati, per cui ovviamente non è un segreto il fatto che scopino. Proprio come non è un segreto che io e Tucker ci siamo scopati te.»

Io indietreggiai contro il muro, appoggiando i palmi al legno freddo. «Sì, ma non se ne dovrebbe parlare.»

Lui si avvicinò. «Succede. Ora basta discutere al riguardo. Hai la figa vogliosa?»

Spalancai la bocca mentre mi si stringevano i muscoli interni alla sua domanda. Perfino dopo essere venuta solamente poco prima grazie alla bocca di Tucker, avevo di nuovo voglia.

«Se Tucker ti ha solamente leccato la figa, allora non te l'ha riempita,» mi disse. «È perchè sei indolenzita?»

Scossi la testa, il mio corpo che si eccitava di fronte alle sue parole carnali.

«Allora doveva aver avuto voglia di assaggiarti. Non posso dire di biasimarlo. Ma il mio cazzo vuole sentirti che gli vieni di nuovo addosso. Pensi di poterlo fare per me?»

Oh sì. Potevo eccome. Mi leccai le labbra e annuii. Lui si avvicinò, appoggiando gli avambracci al muro accanto alla mia testa.

«Non qui di certo. Non abbiamo un letto,» risposi, guardandomi a destra e a sinistra.

«Non ci serve un letto,» protestò lui, aprendosi i pantaloni e tirandone fuori l'uccello voglioso. Sollevandomi l'orlo dell'abito, mi prese in braccio. «Avvolgi le gambe attorno alla mia vita. Sì, così. Cazzo, adoro il fatto che tu non abbia addosso le mutande.»

«Tucker non me le ha lasciate mettere,» borbottai.

Lui si spostò e si mosse, sistemando il cazzo contro la mia apertura.

«È perfetto per permettermi di fare... questo.»

Mi tirò verso il basso e lentamente mi riempì. Facendo un passo verso la parete, mi ci appoggiò contro e mi prese con forza, scopandomi con ardore, riempiendomi completamente del suo seme, proprio come aveva promesso.

11

BIGAIL

Ero completamente sveglia, ad ascoltare il respiro morbido dei miei uomini sdraiati al mio fianco. Fissavo le ombre scure sul soffitto della camera da letto. Era piena notte ed io *avrei dovuto* essere addormentata come loro, dal momento che erano stati piuttosto avventurosi con me per tutta la sera. Gabe aveva voluto che gli dimostrassi ciò che avevo imparato da Tucker circa il succhiare cazzi. Su di lui. Mentre gli avevo leccato l'erezione gonfia e pulsante, prendendolo il più a fondo possibile in gola, Tucker mi aveva scopata da dietro. Con un plug nel culo. Era stata la prima volta che avevo avuto due cazzi dentro di me insieme e sapevo che non sarebbe stata l'ultima.

Avevo ancora il plug infilato a fondo nell'ano e il loro seme appiccicoso sulle cosce. Nonostante mi avessero mantenuta così ben soddisfatta che avrei dovuto essere esausta, ero tormentata dai sensi di colpa e dalla preoccupazione. Dovevo dire loro la verità. Tutta. *Dovevo*. Dovevano sapere del signor Grimsby e delle sue minacce. Non volevo che si facessero del male, ma non potevo semplicemente andarmene a Butte senza parlare con loro. La preoccupazione e la gentilezza che mi avevano mostrato erano ancora più grandi del loro ardore. Mi sentivo apprezzata tanto quanto desiderata. Amata tanto quanto bramata. Per quanto non avessero pronunciato la parola che iniziava con la A, lo percepivo in ogni loro carezza, lo vedevo nei loro sguardi penetranti.

Sarebbe stato il più grande degli schiaffi in faccia se me ne fossi andata a Butte senza alcuna spiegazione. Dio, forse avrebbero perfino pensato che li avessi lasciati. L'idea di ferirli mi formava un nodo in gola, dal momento che loro erano stati perfetti. Non una sola volta avevano commentato la mia cicatrice. Be', solo per dirmi che non dava loro fastidio. Poi erano passati direttamente al dimostrarmelo.

Lo dovevo a loro in quanto miei mariti. Una moglie non custodiva un segreto del genere. Come avevano detto loro, dovevo cedere loro i miei problemi. Erano forti abbastanza da gestirli. Prima non avevo capito, nemmeno il giorno precedente, ma adesso... adesso sapevo.

Glielo avrei detto l'indomani mattina. Tutto quanto. Saremmo andati a Butte insieme e avremmo aiutato Tennessee a tornare a casa. Al sicuro.

Mi sentivo meglio con quella decisione. Non sarebbe stato facile raccontare loro i dettagli, ma mi avevano già ascoltato in passato quando avevo detto loro di aver mentito. Non avevano urlato. Sì, mi ero presa una sculacciata e me l'ero meritato, per quanto lo ammettessi con riluttanza. Me ne aspettavo un'altra, ma sapere di non avere più segreti tra noi ne sarebbe valsa la pena. Forse.

Quel segreto ci avrebbe allontanati. Non avrei permesso

al signor Grimsby di distruggere ciò che avevamo. Ma come potevo tenerli al sicuro? Loro mi avevano detto di cedergli i miei problemi. L'avrei fatto, e decisamente prima che me li tirassero fuori a sculacciate.

Determinata, mi sistemai tra i miei uomini, la schiena premuta contro Tucker, una mano sul petto di Gabe. Sorrisi tra me. Glielo avrei detto l'indomani mattina.

* * *

MI SVEGLIAI DA SOLA, il sole che filtrava dalla finestra. Il fatto che entrambi fossero scesi dal letto senza svegliarmi indicava quanto tardi mi fossi addormentata dopo essermi messa a riflettere. A preoccuparmi. Adesso, però, rinvigorita, ero pronta a parlare con loro. Non è che non vedessi l'ora di farlo, ma avevo la sensazione che fosse un qualcosa di grande che mi impediva di concedermi a loro del tutto. Loro erano i miei mariti ed io non volevo nascondergli nulla. Come avevano detto loro, sarebbe stato bello condividere quel peso.

C'era un bigliettino sul comodino accanto al letto. Prendendolo, sorrisi di fronte a quelle parole, alla calligrafia frastagliata.

SEI STATA una brava ragazza a tenere il plug dentro per tutta la notte. Sei così reattiva e vogliosa in quel punto. Stanotte, tesoro. Stanotte ti prenderemo insieme. Ti rivendicheremo completamente.

TRASALII AL PENSIERO di avere un cazzo infilato a fondo nel culo. Sarebbe stato Gabe o Tucker a prendermi lì per la prima volta? Per quanto fossi nervosa, ero anche emozionata.

Quando avevano giocato con me in quel punto, mi era piaciuto. L'avevo adorato, perfino, e loro si erano assicurati che venissi ogni volta così che avevo conosciuto solamente piacere lì. Ma quella notte? Contrassi l'ano attorno al plug.

Togli il plug. Sei stata una brava ragazza a tenertelo dentro tutta la notte. Vai da Emma per colazione e poi vieni da noi nella stalla. Non vediamo l'ora di prenderti di nuovo.

Sorrisi al pensiero dei loro cazzi duri mentre lavoravano.

Sbrigati.

Feci come avevano ordinato, estraendomi il plug con una smorfia e un sibilo per poi vestirmi.

Poco dopo, seguivo Emma lungo il corridoio fino nella sua cucina. Dovevo ancora conoscerla prima di quel momento, ma l'avevo vista da lontano al picnic. Aveva conosciuto Kane e Ian e si era sposata mentre io ero a scuola. I suoi occhi incredibilmente azzurri contrastavano con i suoi capelli neri. La bambina che teneva tra le braccia aveva le stesse tonalità.

«Mi spiace che non ci fossimo ancora presentate, ma conosco gli uomini di Bridgewater e sapevo che saresti stata posta sotto sequestro per un paio di giorni.»

Arrossii alle sue parole e seguii il profumo di caffè e di bacon per quanto l'ora di colazione fosse passata da un po'. «Sì, Tucker e Gabe sono... passionali.»

Lei rise, poi si voltò a guardarmi da sopra la spalla. La

bambina si cacciò il pugno in bocca e le scese un po' di bava lungo il mento. «Passionali? Che mi dici di autorevoli, dominanti o prepotenti?»

«Dominanti, sì,» replicai. Dovevano ancora dimostrarsi le altre due cose, ma immaginai che l'avrebbero fatto presto. «Oh, ciao.»

In cucina c'erano anche Laurel e Olivia, sedute ad un grande tavolo. Avevano delle tazze davanti e Laurel si stava facendo saltellare un bambino in braccio che sembrava felice di masticarsi un anello di legno.

Entrambe le donne mi sorrisero. «Abigail!» esclamò Laurel. «Non ci aspettavamo di vederti fino a domani.»

Mi accigliai. «Oh?»

«Due uomini, due giorni,» replicò lei. «Ti tocca una luna di miele di due giorni.» Laurel piegò la testa in direzione di Olivia. «Lei se n'è beccati tre.»

«Io ho tre mariti,» controbatté Olivia, un sorriso che le incurvava le labbra piene. «Come Abigail ha probabilmente già scoperto, gli uomini sono piuttosto bisognosi e richiedono uguali attenzioni.»

«Uguali scopate,» aggiunse Emma.

Spalancai la bocca.

«Oh, non guardarmi così,» mi ammonì. «I bambini sono troppo piccoli per cominciare a ripetere certe parole, e poi, è la verità.»

Laurel rise. «A giudicare da come sei arrossita, lo sai che è la verità,» mi disse.

Non potei non sorridere. «Sì, è la verità.»

«Caffè?» Emma passò la bambina ad Olivia, poi si voltò verso i fornelli.

«Volentieri.»

Mi sedetti dall'altra parte del tavolo rispetto alle altre e mi agitai un po' sul posto, il sedere indolenzito per via del plug.

Non mi aveva fatto male, ma non ci ero abituata, a farmi allargare così. Mi si scaldò la figa al pensiero dei miei uomini e delle loro ardenti attenzioni, le parole cariche di promesse che mi avevano lasciato scritte.

Stanotte.

«Ti hanno già dato un plug?» mi chiese Emma. «Te lo chiedo perché ti stai agitando su quella sedia come una donna che ha ricevuto forse un po' troppe attenzioni da parte dei suoi mariti.»

«Sei decisamente troppo sfacciata,» disse Laurel, rimproverando dolcemente Emma. «Concedile almeno una settimana prima di tirarle fuori i dettagli.»

Emma scrollò le spalle con nonchalance. «Io mi sono sentita mortificata, quando mi hanno infilato un plug dentro per la prima volta. Non è successo la prima note, ma quando siamo finalmente arrivati qui al ranch. Me l'hanno lasciato dentro solamente per poco, un paio di minuti.»

«Solamente-» Mi morsi un labbro quando quella domanda mi sfuggì dalle labbra.

Laurel spalancò gli occhi. «Vuoi dire che a te ne hanno messo uno dentro per più tempo?»

Annuii. Non potei fare a meno di arrossire. Mi agitai di nuovo sulla sedia.

Olivia allungò una mano e diede una pacca alla mia. «Ma ti è piaciuto?»

Io annuii di nuovo e lei sogghignò.

«Lo sapevano. Ti *conoscono*. E quando ti scoperanno insieme...» Sospirò.

Anche le altre donne lo fecero, in maniera quasi sognante.

«Stanotte,» sbottai. Mi misi una mano sugli occhi.

Fu Laurel a parlare. «I tuoi uomini ti desiderano da tempo. Sono certa che tu li abbia resi piuttosto felici. Se ti prenderanno insieme questa notte, sapranno che sei pronta, non solamente nel corpo, ma anche nello spirito.»

«Nel cuore,» aggiunse Olivia.

Abbassai la mano e lanciai un'occhiata a Emma. Lei annuì, concordando.

Abbassai lo sguardo sulla mia tazza. «Sì.» Cos'altro avrei potuto dire, dal momento che ero d'accordo con loro?

«Allora anche tu avevi una cotta per loro?» mi chiese Emma.

Annuii.

«Io non avevo mai nemmeno visto Kane ed Ian prima del mio matrimonio,» disse lei.

«Io conoscevo Cross, Simon e Rhys solamente da qualche ora. A dire il vero,» disse Olivia, poi si interruppe, «conoscevo Simon e Rhys da qualche ora. Cross l'ho incontrato appena prima di sposarlo.»

«Io li desidero da quando avevo quattordici anni,» ammisi. Quelle donne si stavano mostrando esplicite. Io ero decisamente sposata, per cui non c'era motivo di non condividere quelle cose. E loro sarebbero state... no, erano, mie amiche.

Tutte e tre mi guardarono con aria nostalgica. Il bambino di Laurel batté sul tavolo con un pugno e tutte quante ridemmo.

«Io penso che a loro non sia piaciuta la competizione,» aggiunse Laurel. «L'uomo di Butte. Quando hanno sentito parlare di lui, hanno smesso di aspettare.»

Mi avevano sposata per via di un avversario immaginario? Non potei non sorridere al pensiero di quanto fossero possessivi, e probabilmente gelosi, i miei uomini. A quel punto mi alzai, impaziente di andare da loro. «Mi stanno aspettando nella stalla.»

«Non vuoi mangiare?» mi chiese Olivia.

Sogghignai, rendendomi conto che non dovevo sentirmi nervosa con loro. Erano gentili, generose e aperte, specialmente riguardo allo stare con due uomini. E per questo dissi, «Mi stanno *aspettando*.»

Emma agitò le sopracciglia. «Divertiti!»

Le sentii ridere mentre percorrevo il corridoio verso la porta d'ingresso. *Stavano* ridendo di me, ma per una volta non mi importava.

Sorrisi mentre attraversavo il campo aperto che portava alle stalle, contenta dei miei mariti, contenta delle mie nuove amiche, contenta del fatto che avrei detto loro del signor Grimsby, che non ci sarebbe stato nulla tra di noi nel nostro matrimonio. E quando mi avrebbero rivendicata insieme, più tardi, quando avrei avuto un uomo davanti a me e l'altro dietro, avrei saputo che eravamo finalmente una cosa sola.

La grande porta della stalla era aperta per far entrare la tiepida aria pulita per cui entrai, poi mi fermai, lasciando che i miei occhi si abituassero all'oscurità all'interno.

«È un bellissimo esemplare di cavalla. Voglio acquistarla eccome.»

Le voci provenivano dal retro dell'edificio ed io mi avviai in quella direzione.

«Sembri esserti accaparrato una bella femmina tu stesso, Landry. Decisamente un'ottima scelta come moglie. Il ranch dei Carr fa quasi concorrenza a Bridgewater.»

Non riconobbi la voce che proveniva dal recinto sul retro, ma sapevo che stava parlando di me. Quella nuova voce apparteneva a qualcun altro che viveva lì a Bridgewater? Erano un bel gruppo vasto ed io dovevo ancora conoscerli tutti.

«Sì, sono molto soddisfatto,» replicò Tucker. Il mio cuore ebbe un tuffo di fronte alla sua risposta spontanea.

L'estraneo rise. «Mettere le mani su tutti quei terreni è un gran bel colpo. Non sono molti quelli che guarderebbero oltre il suo volto.»

Avevo cominciato ad andare verso di loro, ma quell'ultima frase mi immobilizzò. Mi raggelò anche il cuore.

«Con un corpo come il suo, puoi semplicemente coprirle la faccia, mentre te la scopi e pensare a tutti quei terreni.»

«I possedimenti di suo fratello sono piuttosto ampi.» Gabe. Non negò le parole orribili di quell'uomo. Non le smentì.

Indietreggiai barcollando di un passo, poi un altro.

Mi avevano sposata per il ranch di mio fratello? Erano disposti a scoparmi come sacrificio fino a quando non fossero riusciti a metterci le mani?

Oddio. Mi portai una mano alla bocca per trattenere un gemito. Avevo voglia di vomitare. In cosa mi ero cacciata? Avevo avuto ragione fin dall'inizio. Gli uomini non riuscivano a vedere oltre la mia cicatrice. Mi avevano mentito. Ecco perché Tucker mi aveva scopata da dietro la prima volta. Aveva mentito. *Mentito*!

Non avrei dovuto essere sorpresa. Io avevo mentito a loro. Era solamente giusto che lo facessero a loro volta. Il nostro matrimonio era basato sulle menzogne. Fondato su di esse. Per questo era così instabile. Avevo pianificato di dire loro del signor Grimsby, di ottenere il loro aiuto in quella faccenda. Non ora. Avrei preferito ingoiare dei chiodi piuttosto che parlargliene. Adesso sarei andata da sola a salvare Tennesse e poi... me ne sarei semplicemente andata. Da qualche parte.

Non potevo tornare da James. Mi avrebbe rimandato qui, dai miei mariti. Non mi avevano fatto del male fisicamente. Per quanto avrebbe potuto pestare Tucker e Gabe per via di ciò che pensavano, James mi avrebbe detto che erano meglio di altri uomini. Mi avevano desiderata per il ranch di famiglia, non per me. Chi stavo prendendo in giro? Quale uomo *non* voleva qualcosa come il ranch dei Carr? Io ero solamente il prezzo che i Landry dovevano pagare. James aveva cercato di proteggermi mandandomi a scuola, ma ciò non aveva fatto che confermare ciò che avevo sempre saputo. Nessuno mi voleva.

Allontanandomi il più in fretta e il più silenziosamente possibile, fuggii fuori dalla stalla. Una volta all'aria aperta, corsi. I polmoni cominciarono a bruciarmi per via dello sforzo, ma non mi importava. Il dolore soffocava l'agonia del mio cuore spezzato.

12

ABE

Contenni a malapena la rabbia. Strinsi i pugni lungo i fianchi, guardando torvo l'uomo che voleva comprare uno dei cavalli. Se l'appuntamento non fosse stato fissato da tempo, l'avremmo rimandato. Lui e il suo atteggiamento pomposo e arrogante ci stavano tenendo lontani da Abigail.

«Per quanto i possedimenti di suo fratello siano piuttosto ampi-» ripetei a denti stretti «-noi abbiamo sposato Abigail Carr perchè la amiamo. Parlare a quel modo di lei è irrispettoso nei confronti della nostra sposa.»

Kane fece un passo avanti verso Masters, il bastardo a cui non importava nulla di niente e di nessuno a parte fare soldi facili. Voleva la nostra cavalla per allevarla, ma col cazzo che gliel'avremmo venduta, adesso.

L'uomo inarcò le sopracciglia cespugliose. Sapevo che era sposato, ma dovetti chiedermi quale donna l'avrebbe sopportato per anni e anni. Era sulla cinquantina ed io potevo solamente sperare che sua moglie fosse morta nel sonno, in pace. Di sicuro Dio aveva un po' di pietà.

«Masters, dovete delle scuse a questi uomini,» disse Kane, il tono aspro. «E alla loro sposa.» Non aveva intenzione di starsene da parte a permettere a quell'uomo di attaccare nessuna delle nostre donne, anche se solo verbalmente e non in sua presenza. Una volta sposa di Bridgewater, veniva protetta da tutti.

«Non esiste che si avvicini in alcun modo ad Abigail.» Tucker scosse la testa. Ci stava vedendo rosso. «No, io non voglio delle scuse. Voglio del sangue.»

Prima che chiunque di noi potesse anche solo sbattere le palpebre, Tucker attraversò il box e picchiò Masters, il rumore di ossa rotte che risuonava forte in quel piccolo spazio. L'uomo cadde giù come una roccia, atterrando sul fieno fresco. La cavalla si agitò, ma a me non importava se Masters veniva calpestato. Gli sarebbe stato decisamente bene.

Tucker se ne stava in piedi sopra di lui, col fiato corto. Con una mano sul naso sanguinante, Masters sollevò lo sguardo su di lui.

«Quella è mia moglie, stronzo. Ora ti alzi e sparisci da Bridgewater prima che ti ammazzo. Come ha detto James Carr giusto l'altro giorno, c'è un sacco di terreno in cui seppellire il tuo cadavere.»

Tucker indietreggiò e Kane tirò Masters in piedi. Afferrandolo per un braccio, lo trascinò fuori dal recinto e poi lo spinse lungo il corridoio. Sentii Kane mormorargli qualcosa, ma ero troppo arrabbiato per ascoltare.

«Ian!» esclamò Kane.

«Sì?» Non sapevo dove fosse stato lo scozzese, ma aveva raggiunto Kane in fretta.

«Masters va scortato fuori da Bridgewater.»

Fummo lasciati soli nella stalla con solamente il rumore della cavalla che respirava pesantemente. Mi ci avvicinai lentamente e le accarezzai il fianco tremante per placarla.

«Ti senti meglio, Tucker?» gli chiesi, un tantino geloso che avesse avuto l'occasione di prendere a pugni quello stronzo.

Lui ridacchiò mentre scuoteva la testa, mani sui fianchi. «Immensamente. Non c'è da meravigliarsi che Abigail sia timida. La gente è così... cazzo. Sono dei tali stronzi.»

«Non è più sola,» gli dissi io.

Sollevò la testa e mi guardò. «No, non lo è. Prenderò a pugni l'intera città se ce ne sarà bisogno.»

«Non lo metto in dubbio. Non è Clara.»

Pronunciai il nome di sua sorella, consapevole che avrebbe risvegliato della vecchia rabbia. I nostri genitori non si erano ancora sposati quando era stata in vita, ma sapevo abbastanza di lei, di ciò che Tucker provava per lei. Avevo saputo della sua rabbia per via di quello che era successo sin da quando avevo dodici anni.

Lui irrigidì le spalle. «Lei non sono riuscito a proteggerla, ma posso proteggere Abigail.»

«Avevi dieci anni. Devi superare la cosa.» Glielo dicevo da anni, ma non faceva alcuna differenza.

«Non succederà mai. Mio *padre* è stato il più crudele di tutti. Ha aspettato che mia madre morisse per poi mandarla via. L'ha *data* via.»

E poi aveva sposato mia madre, libera dal peso di un bambino *diverso*. Ma ci aveva guadagnato me col matrimonio ed io ero sempre stato dalla parte di Tucker. Eravamo diventati subito amici, alleati, e suo padre era diventato anche il mio nemico. Avevo odiato quello stronzo e nessuno di noi era stato triste nel sapere che era morto un paio di anni prima.

Tucker mi diede le spalle, posando le mani sulla sbarra superiore della recinzione che circondava il campo.

«Fanculo Masters. Nessuno qui farà del male ad Abigail. Lei ha più che noi. Tu lo sai,» gli assicurai. «È al sicuro, ma dobbiamo dimostrarle che è perfetta proprio così com'è.»

Tucker trasse un respiro profondo, poi si voltò. Si appoggiò con un fianco al recinto.

«Sì. E ci divertiremo a dimostrarglielo. Finiamo di lavorare così quando arriverà potremo trascinarla nella stanza dei finimenti. Hai detto che le è piaciuto farsi prendere lì.»

Mi venne duro al ricordo. «Mmm. Potremmo dover usare alcune delle cinghie di cuoio. Magari le piacerebbe farsi legare e trovarsi alla nostra mercé.»

* * *

ABIGAIL

Ero abituata a sentire insulti e beffe. Ero abituata a farmi prendere in giro. Ferire. Avevo eretto un muro attorno al cuore per proteggerlo dalla crudeltà a cui ero abituata. Ma ero rimastra sorpresa dalla velocità con cui Tucker e Gabe avevano abbattuto quel muro, mi avevano fatto pensare che la mia cicatrice non significasse nulla. Adesso, sapere ciò che pensavano realmente di me mi faceva più male di tutte le brutte parole del passato messe insieme. Ma sapevo come ricostruire le pareti. Dovevo farlo e lasciarmi Bridgewater alle spalle. Non sarei sopravvissuta con quel dolore nel cuore e non sarei riuscita ad andarmene senza nascondere quanto fossi turbata.

Avevo bisogno di un cavallo; non potevo andare a Butte a piedi. Ma non potevo prenderne uno dalle stalle. Non sare mai tornata lì dove c'erano Tucker e Gabe.

Trovai Ann nell'orto, che estirpava le erbacce. Era piuttosto ampio, grande abbastanza da fornire al ranch cibo per l'estate tanto quanto per fare provviste per il lungo inverno. Mi sorrise da sotto il suo cappello di paglia.

«Che succede?» mi chiese, alzandosi e venendomi incontro.

Trassi un respiro profondo e mi stampai un sorriso sul volto. O lei era molto perspicace o io non ero poi così brava a nascondere i miei sentimenti come un tempo. Due giorni con Tucker e Gabe e avevo perso la mano. «Sono solamente stanca. Puoi immaginare, sono stata molto occupata.»

Lei a quel punto sogghignò e si sistemò il cappello. Non si era trovata in cucina insieme alle altre per sentire la nostra conversazione. «Sì. Posso immaginare. Non ci vanno troppo pesante con te, vero? So che gli uomini di Emma sono piuttosto dominanti e, per quanto lei trovi piacere nei loro ordini severi, dubito che tu lo faresti. Tucker e Gabe si stanno dimostrando... delicati?»

Avrei dovuto arrossire, ma ero troppo turbata. «Non riesco a stare seduta comoda,» ammisi. Era leggermente esagerato, ma era comunque la verità.

Lei non ritenne quella risposta insolita. Tra lei e le altre, avevo avuto l'impressione che sedersi comodamente non fosse un'esperienza che le donne di Bridgewater provavano spesso.

«Ho quasi finito. Vuoi accompagnarmi a casa mia? Possiamo parlare là all'ombra.»

Scossi la testa. «No, grazie. Io mi stavo... um, chiedendo, posso prendere in prestito il tuo cavallo?» Indicai l'animale legato all'ombra di un grande pioppo. «Devo tornare da mio fratello a prendere un paio di cose.»

Lei inarcò le sopracciglia sotto al cappello. «I tuoi uomini ti permettono di andarci da sola?»

Scrollai leggermente le spalle. «Sono occupati nella stalla

con un uomo che sembra voler comprare un cavallo. Starò via solamente oggi. È una cavalcata piuttosto sicura da qui fino a casa di mio fratello.»

«Hai appena detto che non riesci a stare seduta comoda. Perchè mai dovresti voler salire in sella a un cavallo?»

Avrei voluto che non fosse stata tanto furba. Piegai la testa di lato. «Tutto quello che hanno fatto finora è stato solo per fare esercizio,» ammisi. «Sono certa che capirai. Voglio andarmene mentre sono impegnati dal momento che hanno... dei piani in mente per me, stasera.» Mi morsi un labbro. «Penso che domani sarei ancora più indisposta.»

Potevo solamente immaginarmi come sarebbe stato il mio sedere dopo che Tucker e Gabe se lo fossero scopato. Per quanto la figa non mi si fosse indolenzita per aver perso la verginità, ero decisamente sensibile. Ma *lì*, di certo mi avrebbe fatto male. Adesso non aveva importanza. Nessuno dei due mi avrebbe scopata... in nessun buco.

Ann distolse lo sguardo. «Sì, capisco.»

Ero certa di sì. Se Tucker e Gabe volevano rivendicare il mio culo, di certo a tutte le altre donne era capitato lo stesso. Sembrava che prendersi la propria sposa assieme fosse l'atto supremo di rivendicazione per un uomo di Bridgewater.

«Ti ringrazio,» mormorai, avviandomi verso il cavallo. Mi dispiaceva prenderla in giro, mentirle. Sembrava che stessi diventando piuttosto brava a farlo. Ann tornò al suo lavoro nell'orto mentre io prendevo le redini del cavallo e montavo in sella. Dopo una breve fermata alla casa dei Landry, me ne sarei andata.

Per sempre.

13

«Che cazzo vuol dire che non sapete dove si trovi?» urlò James Carr, ribaltando quasi una sedia della cucina per la rabbia. Si era decisamente ripreso dall'influenza, perfino dopo solamente un giorno, e la sua furia era spietata. E giustificata. Aveva affidato sua sorella alle nostre cure e noi l'avevamo persa.

Gabe si passò una mano sul collo. «Ha lasciato il ranch. Ha detto che stava venendo qui. A prendere le sue cose.»

«Be', di sicuro non si trova qui, cazzo. Pensavo steste andando con lei a Butte,» controbatté lui.

«L'abbiamo portata a Bridgewater e ce la siamo sposata,» replicai io. Per essere quello che di solito se la prendeva sempre tanto, in quel momento ero piuttosto calmo. Se non altro da fuori. Dentro di me, non ero arrabbiato, ma spaventato. Era come un ripetersi della sparizione di Clara. Tuttavia

James non avrebbe mai portato Abigail in un istituto per nasconderla al mondo-

Oh merda, in un certo senso, l'aveva fatto. L'aveva mandata a scuola per nasconderla. Non perchè se ne vergognasse, ma per tenerla al sicuro.

E adesso, noi l'avevamo persa.

«Se le fosse successo qualcosa durante il viaggio, l'avremmo incrociata. Conosce la strada è non è poi così lunga, per cui dubito che si sia persa. Non c'è traccia di lei, il che mi dà da pensare che non avesse intenzione di venire qui.»

«Avete sposato mia sorella e adesso lei se n'è andata? Che diavolo le avete fatto?»

Non avevo intenzione di raccontargli nulla di ciò che avevamo fatto con lei. Di certo non aveva bisogno di sapere che non aveva avuto una verginità da spezzare, o quantomeno che era stata spezzata molto prima che la riempissimo coi nostri cazzi. Non sapeva che le avevamo messo un plug nel culo, che aveva adorato succhiarmi l'uccello. E quello di Gabe.

«Pensiamo che abbia origliato qualcosa che l'abbia turbata,» risposi io. Era l'unica possibilità. Sapendo quanto fosse sensibile, sentire Masters parlare tanto male di lei l'avrebbe decisamente turbata. Abbastanza da fuggire via, però? Perchè non era rimasta e non ci aveva permesso di confortarla? Se aveva sentito le parole di quell'uomo, allora sapeva che l'avevamo picchiato, che l'avevamo sbattuto fuori dal ranch.

James se ne stava semplicemente lì in piedi, mani sui fianchi, in attesa. Furioso.

Quando Abigail non era venuta nella stalla come ci eravamo aspettati, eravamo andati a casa di Emma per pranzo, pensando che fosse stata tenuta in ostaggio dalle donne. Ma quando ci avevano detto che era venuta da noi, dopotutto, avevamo dovuto presumere che avesse sentito quel dibattito e avevamo cominciato a preoccuparci. Ci erano volute due ore per scoprire da Ann che aveva preso il suo cavallo ed era andata al ranch dei Carr. E così l'avevamo seguita, ma chiaramente non si trovava lì.

«Be'?» chiese lui, impaziente.

Gabe gli raccontò dell'incidente con Masters. James scosse la testa, sapendo bene che razza di stronzo fosse quell'uomo. Ma quando menzionammo il modo in cui aveva parlato tanto male di Abigail, in cui le aveva mancato di rispetto, la sedia la ribaltò veramente per la rabbia.

«Gli ho spezzato il naso e Kane l'ha accompagnato fuori dal ranch,» gli dissi io, ma non sembrò fargli piacere.

«Ha dovuto fare i conti con quel genere di insulti per tutta la sua vita. Ecco perché l'ho mandata a scuola, nella speranza di evitare tutto quanto.»

«Pensiamo che Abigail abbia sentito e sia scappata. Qui,» aggiunsi.

Lui scosse la testa. «Se non è venuta qui, allora dove cazzo è?» Si chiese James, camminando avanti e indietro.

Dove sarebbe andata? «Ha delle amiche in città?» chiese Gabe.

«No,» rispose James. «È stata via troppo a lungo per legare con qualcuno.»

«Potrebbe avere delle amiche a Butte,» controbatté Gabe. Si sfregò le mani sulla barba. «Aspetta.»

James si voltò.

«Perchè *stava* andando a Butte?»

Sì, mi ero dimenticato che la sua destinazione iniziale era stata Butte. Avevamo deviato per portarla a Bridgewaater per sposarla e da allora non ci avevamo più pensato.

«Per andare a trovare il suo spasimante,» disse James.

«Non c'era nessuno spasimante. Era una menzogna,» gli dissi io.

Lui inarcò le sopracciglia prima di correre lungo il corridoio fino nel suo ufficio. Quando sentimmo un tintinnio di vetro, lo seguimmo. Si stava versando un drink da una bottiglia.

«Nessuno spasimante. Voi ve la siete sposata. Lei è sparita. Che *cazzo* sta succedendo?»

Gli raccontammo le sue ragioni per essersi inventata uno spasimante.

«Dunque si stava dirigendo a Butte per andare a trovare una persona che in realtà non esisteva?» chiese lui, mandando giù il liquido ambrato.

Lanciai un'occhiata a Gabe. «Si è inventata un pretendente per avere un motivo per dover tornare a Butte. Ci ha raccontato di quell'uomo, o meglio, della sua inesistenza. Ha ammesso di aver mentito, ma deve aver mantenuto segreto il vero motivo.»

Lui raddrizzò le spalle mentre seguiva il mio ragionamento.

«Aveva bisogno di andare a Butte a tutti i costi,» dedussi. «Per qualche motivo, importante abbastanza da mentire al riguardo. Tenerlo nascosto a te e a entrambi noi. Era disposta ad andare da sola, perfino con noi – se non ce la fossimo sposata. E adesso è andata per conto suo.»

«Non va bene,» disse James, posando il bicchiere vuoto con un tonfo. «Non può essere affatto un bene che tenga nascoste così tante cose. Andiamo a Butte a cercarla.»

Non avevo intenzione di discutere. Per quanto fosse nostro compito proteggere nostra moglie, era comunque sua sorella. Non avevamo idea in cosa fosse invischiata Abigail. Averlo con noi poteva solamente essere d'aiuto. A meno che non ci avesse uccisi prima. Era abbastanza in forze da riuscire a usare una pala, adesso.

* * *

ABIGAIL

Lo stesso sgherro che mi aveva scortata dal signor Grimsby la settimana prima mi aprì la porta di casa. Risalire i gradini della veranda fu una delle cose più difficili che avessi mai dovuto fare. Sapevo cosa avrei affrontato, a differenza dell'ultima volta. Non potevo nemmeno essere sicura che Tennessee fosse ancora viva. Non avevo nessuno a proteggermi. Nessuno sapeva nemmeno dove fossi.

Non avevo cambiato idea riguardo al lasciare Gabe e Tucker, ma non mi sarebbe dispiaciuto averli accanto in quel momento. Lo scagnozzo era più o meno della stessa stazza dei miei due mariti e non sarebbe stato altrettanto... nefausto se ci fossero stati.

Tuttavia, no.

Ero in quella situazione da sola, come lo sarei stata per il resto della mia vita.

L'uomo fece un passo indietro e mi permise di entrare. Io chiusi gli occhi e trassi un respiro profondo quando sentii la porta chiudersi a chiave alle mie spalle. Venni condotta nuovamente nella stessa stanza della settimana prima. Il signor Grimsby si trovava dietro la sua scrivania e si alzò quando entrai.

«Signorina Carr.»

Non avevo intenzione di dirgli che non era più quello il mio nome, bensì Abigail Landry. Se avesse scoperto che avevo sposato degli uomini di Bridgewater, avrebbe voluto anche i loro soldi. Per quanto non avessimo parlato di cose del genere, sapevo che Tucker e Gabe erano ricchi. Io non volevo molto, solamente amore. Avrei scambiato tutti i loro soldi, perfino Bridgewater, per farmi amare da loro due per come ero.

«Spero tu non sia venuta a mani vuote.» Il suo sguardo mi scrutò da capo a piedi.

«Dov'è la signorina Bennett?» chiesi io.

Un angolo della bocca del signor Grimsby si curvò verso l'alto. «Al piano di sopra.»

«Voglio vedere se stia bene prima di affrontare questa questione.»

Lui inarcò un sopracciglio e sorrise. «Hai la testa di un uomo d'affari.»

Agitò pigramente una mano in direzione del proprio tirapiedi e lui scomparve lungo il corridoio.

«Sono qui per la signorina Bennett. Se fosse... morta-» Deglutii di fronte alla possibilità della sua dipartita. «-come suo padre, allora non c'è alcun motivo di contrattare con voi.»

Lui si alzò dalla sedia, abbottonandosi la giacca dell'abito. «È qui che ti sbagli. La tua amica non ha alcun impatto sulla tua vita. Solamente dopo che mi avrai consegnato i soldi sarai libera.»

Per quanto avrei voluto indietreggiare, perfino voltarmi e scappare via lungo il corridoio e fuori dalla porta d'ingresso, mi rifiutavo di sottomettermi a quell'uomo. «Non era questo l'accordo,» protestai.

Sentimmo dei passi scendere lungo le scale.

«Il tuo compito era portarmi dei soldi. Pensi che ti permetterei di fallire?»

In quel momento, Tennessee entrò nella stanza. Per quanto fosse ben vestita e sembrasse illesa, aveva delle profonde occhiaie a segnarle il viso. Agli angoli della bocca, delle rughe di preoccupazione le increspavano la pelle. Nonostante ciò, ero felice di vederla. Viva.

«Abigail!» esclamò lei, correndo tra le mie braccia. Tremava come una foglia mentre la stringevo a me. «Ti prego, dimmi che hai portato ciò che vuole,» sussurrò.

Fece un passo indietro e mi scrutò con pericolosa speranza.

Aprii la borsa a rete che mi pendeva dal polso e ne estrassi la spilla di mia madre. Facendo un passo avanti, la posai sulla scrivania dove il signor Grimsby la afferrò con avidità. Prendendosi un momento, la studiò. «Molto bella.»

Sospirai, sollevata. «Vieni, Tennessee. Andiamocene.»

Col mento sollevato, allungai una mano per prendere quella della mia amica. Mi voltai verso la porta.

«Molto bella,» ripetè il signor Grimsby. «Ma non basta.»

Mi si contorse lo stomaco e Tennessee mi strinse la mano in una morsa d'acciaio.

Lentamente, mi voltai a guardarlo.

«Questa spilla vale cento dollari, non molto di più. A me serve *di più*!» urlò, sputacchiando.

«Perché?» chiesi io, guardandomi attorno in quella ricca stanza. «Avete una bella casa, dei begli abiti, una miniera.»

«La miniera è esaurita.»

«Dunque dovrei pagare io personalmente per il vostro stile di vita sfarzoso in cambio della mia salute?»

Lui sogghignò. «Esatto.»

«Sposatevi una ricca ereditiera. Per quanto la signorina Bennett vi abbia ingannato, ci sono altre donne qui a Butte con più soldi di Dio. È la città più ricca della Terra!»

Le miniere che circondavano la città erano piene di rame. Così tanto che c'erano più soldi lì che a New York o da qualunque altra parte. Se voleva trovarsi una sposa ricca, era nel posto giusto.

«Non è facile come sembra,» rispose lui.

Sbuffai. «Magari se non foste tanto un bruto, le donne potrebbero trovarvi effettivamente attraente.»

Non sembrò infastidito dalla mia brusca risposta. «Magari sposerò te. Posso tollerare il tuo volto deturpato in cambio dei tuoi soldi.»

Fu allora che mi resi conto di aver usato la tattica sbagliata. Tennessee mi strinse dolorosamente la mano. Non ero certa che fosse per paura o perchè volesse farmi smettere di parlare.

Quella conversazione non sarebbe finita bene, quantomeno non per me.

«Lasciate andare la signorina Bennett. È solamente una pedina. Voi volete dei soldi da me. Non è la garanzia che vi serve.» Piegai di lato la testa e sussurrai alla mia amica. «Vai. Comincia a camminare e non tornare indietro.»

La sua presa sudata svanì e lei si allontanò lentamente. Il signor Grimsby non la fermò, nè lo fece il suo scagnozzo. Sapevano che la mia affermazione era corretta. Lei non aveva alcun valore per lui. Sentii i suoi passi rapidi avvicinarsi alla porta, poi la aprì e la sbattè nella fretta di andarsene.

«Ora, dunque. Credo che sposarti sia una buona idea, dopotutto.» il signor Grimsby guardò il suo tirapiedi da sopra la mia spalla. «Va' a chiamare il prete. Uno qualunque andrà bene.»

Un prete? Non avevo intenzione di sposarlo. Non solo ero già sposata, ma mi veniva la nausea all'idea di essere sua moglie. Ciò che avevo condiviso con Tucker e Gabe era stato... speciale. Non riuscivo ad immaginare di fare certe cose col signor Grimsby. L'idea di verderlo nudo, che mi costringeva a mettermi in ginocchio per succhiarglielo mi faceva venire da vomitare.

Quando sentii la porta chiudersi di nuovo, estrassi la pistola dalla mia borsa. Non gli avrei mai permesso di procedere. Per quanto la mia mano fosse salda mentre gliela puntavo contro, avevo i nervi a pezzi. Avevo trovato l'arma nella cucina dei Landry. Non sapevo a quale fratello appartenesse, ma era carica e sperai fosse abbastanza per dissuadere il signor Grimsby. Se non altro abbastanza per farmi fuggire da casa sua.

«Ora io me ne vado e voi mi *lascerete* in pace. La spilla sarà tutto ciò che otterrete da me.» indietreggiai, lanciando solamente qualche occhiata accanto a me per assicurarmi di non inciampare contro nulla.

Il signor Grimsby fece un passo verso di me, lo sguardo assottigliato e furioso. Quando si lanciò verso di me, io sparai, mandando il proiettile appena sopra la sua spalla destra. «Quello era un avvertimento.»

Lui sollevò le mani e rimase immobile, chiaramente sorpreso che non avessi avuto paura di usare la pistola.

Sentii la porta d'ingresso aprirsi, ma avevo paura di guardarmi alle spalle, di distogliere lo sguardo dall'uomo che di sicuro avrebbe potuto disarmarmi. Tuttavia, non potevo dare l'occasione allo sgherro dietro di me di prendermi l'arma, per cui mi voltai di scatto e corsi verso la porta, verso la mia unica via di fuga. Non feci neanche un passo prima di scontrarmi con un corpo robusto, delle mani forti che mi stringevano le braccia. Che mi tenevano ferma.

Mi dimenai e urlai, opposi resistenza, ma fu inutile. Non potevo difendermi contro una persona così potente.

«No!»

Avevo perso.

14

 UCKER

Vedere Abigail allontanarsi da quel bastardo con una pistola fumante in mano – una che riconobbi subito come la mia – aumentò la mia rabbia al punto da non vederci più. Avevo Gabe e James proprio alle mie spalle, ma non potei fare altro che afferrare Abigail. Di solito rincorrevo il pericolo e lo eliminavo, ma non questa volta. Sì, avrei voluto toglierle la pistola di mano e sparare semplicemente a quel bastardo, ma avevo bisogno di assicurarmi che lei fosse al sicuro. Gabe poteva prendersi la sua vendetta.

Invece di stringermi tra le braccia e aggrapparsi forte a me, però, Abigail si dimenò per liberarsi, battendomi le mani sul petto, spintonandomi e cercando di divincolarsi. Quando mi puntò la pistola in faccia, mi resi conto che non sapeva chi fossi. Pensava fossi l'uomo che era uscito di casa quando noi ci eravamo avvicinati sul vialetto. Per quanto fosse stato robusto, era stato uno scherzo da ragazzi batterlo per noi tre.

Ebbi una fitta al cuore al pensiero che stesse lottando per la propria vita, che pensasse che un uomo la stesse trattenendo per ferirla. La sua forza e la sua energia erano impressionanti, ma non facevano che dimostrare la sua disperazione. Cosa aveva fatto quell'uomo? Sembrava illesa, ma sapevo che a volte potevano venire inflitti anche dei danni non visibili. Se fosse stata ferita, allora avrei sparato a quel bastardo, anche se fosse già stato morto.

Quando il metallo duro mi colpì sul mento, le afferrai il polso, costringendola a puntare la pistola lontano da entrambi. Cristo, avrebbe sparato a uno di noi due per sbaglio, nella foga della paura.

«Abigail.» Sbraitai il suo nome in un ringhio severo.

«Basta.»

«No! Lasciatemi in pace.» Continuò a dimenarsi, ma io non avevo intenzione di allentare la presa. Non l'avrei mai più fatto.

«Sono Tucker. Smettila.»

All'improvviso, smise di lottare. Le tolsi la pistola, lanciandomela alle spalle senza nemmeno guardare, sapendo che c'era James pronto a prenderla, poi le presi il volto tra le mani.

«Guardami.»

Il suo sguardo incrociò il mio, gli occhi agitati e in cerca di risposte. Le ci volle qualche istante per mettermi a fuoco, prima che la sua mente al galoppo capisse chi avesse di fronte.

«Ecco, tesoro. Sei al sicuro adesso.»

Riconobbi l'istante in cui mi *vide*. «Tucker? Oddio, Tucker,» sospirò, stringendomi tra le braccia in un abbraccio talmente forte che mi sfuggì un gemito.

Premendomi il suo volto contro il petto, io abbassai la testa e inalai il suo profumo. Le sfregai il naso contro la testa, i capelli che mi solleticavano la bocca mentre li baciavo.

Gabe e l'uomo stavano discutendo. James mi superò a grandi passi entrando nell'ufficio. Riuscivo a vederli, ma ignorai tutto.

Tutto tranne Abigail.

Sospirai, lasciando che tutta la rabbia, tutta la paura, tutto quanto mi scivolasse via, mentre la stringevo a me. Lei era calda e, per quanto tremasse ancora per l'eccesso di energia, era viva.

«Vieni,» dissi, avvolgendole un braccio attorno alla vita e conducendola fuori al sole.

Per quanto non oppose resistenza, lei protestò. «Ma-»

«Gabe e tuo fratello si occuperanno di lui.»

Non dissi altro, non le dissi che probabilmente l'avrebbero ucciso per qualunque cosa le avesse fatto. Per quanto fossimo stati in grado di rintracciarla fino a casa dell'uomo, non sapevamo perchè esattamente si trovasse lì.

Ce ne restammo in piedi sul marciapiede mentre arrivava la polizia di Butte, guidata da una donna isterica che indicò la porta d'ingresso aperta. Io non lasciai andare Abigail, non parlai, mi limitai a stringerla mentre il mondo andava avanti attorno a noi. Il tempo si era fermato. Nulla aveva importanza a parte il fatto che l'avessi trovata, che l'avessi salvata.

Gabe venne da noi, eventualmente, tutto teso. Quando mi si parò di fronte, annuì una sola volta, ad indicare che il problema era stato risolto. Come, non glielo chiesi. Non mi importava, ma sapevo che mio fratello si era assicurato che Abigail fosse al sicuro.

«Va' da Gabe, tesoro. Ha bisogno di te.»

La voltai e lei si infilò nell'abbraccio di Gabe. A quel punto pianse, singhiozzando sul marciapiede mentre mio fratello la stringeva a sé. Passandomi una mano sul volto, io lasciai andare un sospiro.

James ci raggiunse, accompagnando la donna terrorizzata che aveva portato lì la polizia.

«Abigail,» supplicò la donna, correndo a prenderla per mano. Era ancora più minuta di nostra moglie, coi capelli chiari e dei grandi occhi azzurri. Se non fosse stata così pallida e smunta, sarebbe stata bellissima. «Mi dispiace così tanto.»

Strinse la mano di Abigail. «Non era mia intenzione trascinarti in questa storia, metterti in pericolo con il signor Grimsby. Si era trattato di una semplice menzogna.»

Mi accigliai. Era stata lei la causa di tutto quello? Era stata lei a far sì che Abigail avesse tanta paura di quell'uomo da brandire una pistola, da sparare, perfino, per difendersi? Volevo sapere anche solo perchè si fosse trovata in quella casa, ma avrei aspettato.

«Sembra che ci siano state un bel po' di menzogne, di questi giorni,» le ammonì Gabe. Entrambe le donne arrossirono.

«Dove andrai, Tennessee?» mormorò Abigail. Si scostò da Gabe, ma lui le tenne un braccio attorno alla vita.

Tennessee? Era il suo nome o la sua destinazione?

La donna abbassò lo sguardo a terra. «Io... non lo so, ma hai già fatto abbastanza per me.» Sollevando la testa, offrì ad Abigail un sorriso fragile. «Starò bene. E mi terrò alla larga dagli uomini pericolosi, te lo prometto. Ho imparato la lezione.»

«Bene,» disse James. «Perchè voi venite a casa con me.»

La donna spalancò la bocca mentre scuoteva lentamente la testa. «Non posso. Non vi conosco nemmeno.»

«Abigail,» disse James.

Lei tirò su col naso, poi sollevò la mano. «Signorina Tennessee Bennett, lui è mio fratello, James Carr.»

James tirò indietro le spalle. Una volta fatte le presentazioni, disse, «Signorina Bennett, non avete un posto dove stare? Nessuna famiglia?»

Lei scosse la testa.

«Dei soldi?»

Distolse lo sguardo, senza rispondere.

«Come vivrete? Andrete al Briar Rose a guadagnarvi da vivere a gambe aperte?»

La signorina Bennett sbiancò, poi deglutì. «Se... se devo.»

Non potei non notare il ringhio che scosse il petto di James. «Voi verrete a casa con me,» ripeté. Bene, perché né io né Gabe le avremmo permesso di cercare impiego in un bordello.

La signorina Bennett non poteva discutere con James al riguardo. Se davvero era indigente, non aveva altra scelta.

Prima che la donna potesse protestare oltre, Gabe disse, «Noi ce ne andiamo a casa.»

Alle sue parole, Abigail fece una smorfia, poi si ritrasse dal suo abbraccio come se avesse avuto un serpente attorno alla vita. Scosse la testa. «No. Io non vengo con voi.»

«Sì, invece,» sbottò Gabe. «Sono venuto qui per salvare mia *moglie* da un pazzo e portarmela a casa.»

«Moglie?» Abigail rise, poi tirò su col naso. «Sarà molto più facile per voi non guardarmi quando non ci sarò.» Ogni parola era intrisa di amarezza e di rabbia.

«Guardarti?» controbatté Gabe. «Probabilmente siamo stati i primi a *vederti* davvero, Abigail.»

«Di cosa diavolo sta parlando?» domandò James.

Non avevo mai visto Abigail così turbata. Qui non si trattava di un pianto a dirotto per sfogare l'energia in eccesso dovuta al suo incontro col pericolo. Questa era pura e semplice rabbia. Si trattava di un qualcosa di diverso. Come la maggior parte delle donne, e magari come tutte quelle che si erano diplomate in una bella scuola d'élite, le era stato insegnato a nascondere le proprie emozioni. Tuttavia, doveva aver preso l'insufficienza in materia di condotta, perchè stava lasciando trapelare la propria rabbia. Verso di noi. Abigail era furiosa nei confronti di me e Gabe.

«Andiamocene dalla strada e parliamone. A casa,» dissi io.

Lei indietreggiò di un passo quando mi mossi per prenderla per un braccio.

«E voi chiamate me bugiarda,» sibilò. «Mi hai presa da dietro così da non dovermi guardare in faccia. È proprio come avevo pensato, e avete *mentito*.»

Prima che potessi sollevare le mani, James aveva annullato la distanza tra di noi e mi aveva tirato un pugno in faccia.

«Merda,» borbottai, portandomi le dita alla mandibola. Mi ripulii il sangue dall'angolo della bocca. Quell'uomo sapeva sferrare un bel colpo.

«Avevate detto di volerla, che la volevate da anni. È così che la trattate, che la... rivendicate?»

Era un bene che ci trovassimo su una tranquilla stradina residenziale, dal momento che avremmo attratto una bella folla altrimenti. Era anche un bene che la polizia fosse ancora dentro la casa. Qualcuno sarebbe finito in prigione se le cose fossero andate avanti così.

Abigail si voltò come una furia verso suo fratello, puntandogli un dito contro il petto. «Nemmeno tu mi volevi.»

«Cosa?» urlò lui, sembrando furioso e sorpreso allo stesso tempo. «Di cosa stai parlando?»

«Mi hai chiusa in una scuola per via della mia cicatrice. Mi hai nascosta così che la gente non potesse vedermi. Io *so* che cosa dice la gente. Perfino il signor Grimsby pensava che fossi orrenda.»

Se questo Grimsby era lo stronzo dentro casa, allora tante grazie, pensai, poi mi venne voglia di entrare come una furia nel suo ufficio e pestarlo a sangue.

«Ma tu.» Picchiò di nuovo il dito contro James. «Tu sei il peggiore. Sei mio fratello e tu... e tu-»

Aveva le lacrime che le scorrevano sulle guance e deglutì con forza, cercando di parlare nonostante i singhiozzi.

«-mi hai mandata via così da non dovermi più vedere.»

Assomigliava tutto così tanto a ciò che mio padre aveva fatto a Clara. Per quanto lei fosse stata così dolce e innocente, così felice e così fottutamente allegra ogni volta, attirava l'attenzione. Alcune persone erano buone con lei, ma altre... altre erano crudeli. Mio padre si era stancato di sentire quanto fosse difettosa e che avrebbe dovuto metterla in un istituto. Aveva atteso fino alla morte di mia madre. Sua figlia non era perfetta, non era *normale*, per cui si era sbarazzato di lei. L'aveva gettata via come spazzatura.

Era questo che Abigail pensava James avesse fatto con lei, ma io lo conoscevo, lo conoscevo abbastanza da sapere che era stato l'esatto opposto. Lui non era come mio padre. Proteggendola, le aveva dato ogni vantaggio possibile.

James avvizzì letteralmente di fronte ai miei occhi. «È questo che pensi? Che mi vergognassi di te?»

Abigail distolse lo sguardo.

«Non eviteremo questa discussione, Abigail Jane. Pensi davvero che ti abbia mandata a scuola perchè non volevo vedere la cicatrice che hai in volto?»

Lei guardò a terra, ma annuì.

James sospirò, passandosi una mano sul volto.

«Io ti ho mandata a scuola perchè ti voglio bene. Ti meriti il meglio. Diamine, meglio del meglio. Ogni volta che vedo quella cicatrice, penso a cosa hai sacrificato. Per me. È colpa mia se ce l'hai e sono io a dover vivere con quel peso... quel senso di colpa ogni giorno.»

«Mi hai mandata via così da non doverlo fare, vero?»

James afferrò Abigail per le spalle e praticamente la scosse. «No, sciocca. Ti ho mandata via perché dovresti essere brillante, composta e fottutamente felice. Avevo quel che serviva per mandarti a scuola e l'ho fatto. Ti darei la luna se riuscissi a prenderla. Perfino se ci riuscissi, non reggerebbe il confronto con quello che tu hai dato a me.»

Lei spalancò la bocca.

«Dunque avrei dovuto lasciarti morire nell'incendio?»

Era rimasta ferita per via dell'incendio che aveva ucciso i suoi genitori? Nel salvare James da quelle fiamme?

James chiuse gli occhi. «Ma certo che no. Ma hai pagato un prezzo terribile.»

Le accarezzò la cicatrice con le dita.

«Io ti ho salvato. Mio fratello. Non potrei vivere senza di te. Io direi che ne è valsa la pena,» sussurrò lei.

Era vero. Abigail aveva coraggiosamente salvato suo fratello da un incendio, dalla morte, e ne aveva pagato il prezzo ustionandosi. James la attirò a sè per un abbraccio talmente intenso, personale, che fu difficile assistervi. Non c'era da meravigliarsi che fosse tanto protettivo e attento nei suoi confronti. Il senso di colpa che provava doveva essere fortissimo.

Abigail aveva un fratello che le voleva bene, forse fin troppo. Ma non era mai un male. Io avevo avuto una sorella a cui mio padre non aveva voluto bene abbastanza. E quella era la differenza. L'affetto.

Non era il fatto che Clara fosse stata diversa, non fosse stata come tutti gli altri. Era stato perchè mio padre era stato un crudele bastardo interessato solamente a se stesso.

James la allontanò. «Sei troppo presa dalla tua cicatrice. Devi lasciarla perdere.»

«Anche tu, allora,» controbatté lei.

James annuì. «D'accordo. Ci proveremo entrambi.»

Lui voltò la testa per guardare me e Gabe.

«Per quanto riguarda i tuoi mariti...»

Lasciò il resto della frase in sospeso. La fitta di dolore nella mia mandibola la portava a termine.

A quel punto lo sceriffo uscì dalla casa, raggiungendoci

sul marciapiedi. Si tirò su i pantaloni e si asciugò la fronte sudata.

«Vi spiace dirci che cosa sta succedendo?» gli chiese James.

Anch'io ero impaziente di sentirlo.

«Sembra che la miniera del signor Grimsby si sia esaurita. È indigente, ma non lo direste a guardarlo.» Lo sceriffo lanciò un'occhiata alla villa di mattoni alle sue spalle. «Sposando la signorina Bennett, qui presente, aveva in mente di mettere le mani su abbastanza soldi da ristabilire la propria posizione sociale.»

Tutti gli occhi si puntarono sull'amica di Abigail. Lei arrossì e, a giudicare da quanto aveva detto ad Abigail, aveva mentito circa il possedere dei soldi. Quante menzogne c'erano state?

«Di certo la gente era a conoscenza del fatto che dalla miniera non venisse estratto più nulla,» commentò Gabe.

Lo sceriffo annuì. «Sì, ma l'unica a sapere della sua bancarotta era la banca.»

«Quando si è scoperto che la signorina Bennett era... vi chiedo scusa, signorina, meno di quanto lui desiderasse-» Lo sceriffo si tolse il cappello e le fece un cenno col capo. «-ha cercato altre forme di profitto.»

«Ricatto?» chiese James.

«Ricatto e rapimento. Ci sono un paio di altri crimini non legati alle signore qui presenti, ma non darà più fastidio a nessuno per un bel po' di tempo. Siete liberi di andare.»

Un agente lo richiamò dentro. A quel punto lui ci fece un cenno del capo e tornò in casa, rimettendosi in testa il cappello durante il tragitto.

«Ti stavano ricattando e non ce l'hai detto?» Ero allo stesso modo sconvolto e furioso con Abigail. «Siamo i tuoi mariti.»

La signorina Bennett trasalì e sussurrò, «Mariti?»

«Credo ci siano stati diversi fraintendimenti, oggi, Carr,» disse Gabe a James. «Per quanto tu possa essere suo fratello, noi siamo i suoi mariti e ce la riportiamo a casa. Se prima vuoi tirarmi un pugno, sfogati.»

James abbassò lo sguardo su Abigail, poi si voltò verso di noi. «Per quanto vorrei rinchiuderti in camera tua per le prossime due settimane, Abigail, appartieni ai tuoi mariti, adesso. Va' con loro.»

«Cosa?» sbottò lei. «Non hai sentito quello che ho detto? Loro non mi vogliono. Non vogliono nemmeno guardarmi.»

James ci scrutò attentamente, cercando di decidere in qualche modo se fossimo degni di sua sorella o meno. «Devi parlare con i tuoi uomini. Non ti permetterò più di convivere con convinzioni errate. Io mi fido di loro e tu dovresti fare lo stesso.»

Fui sollevato dal fatto che rispettasse il nostro ruolo di suoi mariti e si fidasse del fatto che ci saremmo presi cura di lei. C'erano delle menzogne e un fottuto ricatto di cui discutere. Ci *sarebbe* stata una punizione per la nostra nuova sposa.

«Portate a casa mia sorella. Assicuratevi che non succeda mai più una cosa del genere.»

Voleva dire di punirla, il che era una cosa che decisamente non vedevo l'ora di fare.

«James!» esclamò Abigail, sconvolta, incrociando le braccia al petto. «Loro non mi vogliono!»

«Portatela al ranch la settimana prossima a cena.» Il modo in cui ignorò le lamentele di Abigail indicava che credeva al fatto che qualunque cosa stesse succedendo tra di noi fosse risolvibile, e magari derivasse dai suoi problemi con la sua cicatrice. Se loro erano riusciti a parlarne, allora potevamo farlo anche noi.

Gabe annuì e strinse la mano a James. Dopo essersi avvicinato per dare un bacio sulla fronte ad Abigail, James si voltò verso la signorina Bennett, porgendole il gomito.

«Signora. Voi verrete con me, ma discuteremo del ruolo che avete avuto in tutto questo. Non pensate che solo perchè siete al sicuro non affronterete le conseguenze delle vostre azioni.»

La donna lo adocchiò con trepidazione. «Credo di aver capito quali siano le conseguenze.»

James scosse la testa. «Non tutte.»

Attese pazientemente che lei gli prendesse il braccio. Per quanto sembrasse un gesto da gentiluomo, sapevo che se lei si fosse rifiutata, lui se la sarebbe probabilmente caricata in spalla. Tuttavia, lei accettò il suo braccio e si avviò con James lungo la strada.

Quando Abigail finalmente mi guardò con quei suoi bellissimi occhi scuri, io scossi lentamente la testa. «Non una sola parola, tesoro. Non qui. Ce ne andiamo a casa, e allora potrai raccontarci tutto quando mi sarai in grembo, col culo scoperto e rosso per via della mia mano.»

Lei sbuffò indignata fino a casa.

15

 BIGAIL

Cavalcare in braccio a Gabe per tutto il tragitto di ritorno fino a Bridgewater era stato meraviglioso... e terribile. Dopo l'incontro con il signor Grimsby, avevo avuto bisogno di sentire le braccia di Tucker attorno a me, poi quelle di Gabe con una forte disperazione. Poi mi ero ricordata. Mi ero ricordata della conversazione che avevano avuto nella stalla. Io li desideravo ardentemente, volevo che tutto fosse di nuovo così perfetto con loro. Ma era stata tutta una menzogna. E così cavalcai in silenzio, percependo ogni centimetro del corpo duro di Gabe contro il mio, il cuore che mi si spezzava.

«Se non sopportate la mia vista, perché mi avete sposata?» chiesi a Gabe una volta che mi ebbe fatta scendere da cavallo. Mi rifiutavo di entrare in casa con loro senza saperlo.

Avrei voluto che la mia voce fosse stata più forte, che *io* fossi stata più forte, ma le lacrime scesero.

Gabe smontò, legò le redini del cavallo, dopodiché si appoggiò alla ringhiera. Tucker si sedette sui gradini che portavano in veranda e si appoggiò i gomiti sulle cosce. Si tirò indietro il cappello così da poter incrociare il mio sguardo appannato.

«Cosa te lo fa pensare?» mi chiese Gabe.

«La stalla... l'uomo... lui ha detto delle cose cattive su di me e voi non avete negato. Mi avete mentito.» Con dita tremanti, mi asciugai le lacrime dalle guance.

«Sembra che ci siano state un sacco di menzogne in questi giorni,» controbatté Tucker. «Vediamo di risolverle tutte.»

Tirai un calcio ad una zolla di terra nell'erba corta di fronte alla casa. Il sole era abbastanza basso nel cielo da essere calato dietro l'edificio.

«Il signor Masters ha parlato in maniera irrispettosa, sì, e mi dispiace che tu l'abbia sentito. Ciò che chiaramente non hai sentito è stato quando gli abbiamo detto che ti abbiamo sposato perchè ti amavamo.»

Trasalii di fronte alle semplici parole di Tucker, poi caddi a terra dal momento che le gambe non riuscivano più a sorreggermi. Quelle parole mi avevano letteralmente buttata giù. L'abito mi si gonfiò attorno sull'erba.

Amore?

«Chiaramente non hai sentito il naso di quell'uomo che si spezzava e non hai visto Kane ed Ian che lo trascinavano al confine della proprietà,» aggiunse Gabe.

Lo fissai, ad occhi sgranati.

«L'hai visto?» mi chiese Tucker.

Scossi leggermente la testa mentre sollevavo lo sguardo su di lui tra le ciglia bagnate di lacrime. «Ho sentito le parole crudeli, poi sono corsa via.»

«Non ti abbiamo mentito, tesoro. Neanche una volta.»

«Per quanto riguarda lo scoparti la prima volta, Tucker ti ha già detto perchè ti ha presa a quel modo. Perché voleva farti stare bene.»

Annuii nuovamente, ricordandomi che l'aveva fatto eccome.

«Non mi sono messo a tenere il conto, ma se non mi sbaglio, tutte le altre volte che ti abbiamo scopata, ci siamo trovati faccia a faccia e ti abbiamo guardata venire,» aggiunse Gabe.

Adesso le lacrime scendevano ancora più impetuose, sapendo che avevo arrecato danno ad entrambi, specialmente avendo sfruttato quella storia come un'arma contro di loro con mio fratello.

«Mi dispiace,» esordì Tucker. «Mi dispiace tanto che tu abbia dovuto sentire quello che ha detto Masters. Avrei dovuto tirargli un pugno prima.»

Gabe borbottò il proprio assenso.

«Forse dovresti cominciare dall'inizio con le *tue* menzogne.»

Feci una smorfia, ma sapevo che me lo meritavo.

Mi asciugai le guance, tirai su col naso una volta, poi un'altra, poi raccontai loro l'intera storia sordida fin dall'inizio. Parlai della mia amicizia con Tennessee, del suo interesse nel signor Grimsby, del suo essersi finta ricca. Poi del signor Grimsby e delle sue minacce. E tutto il resto. Nessuno dei due mi interruppe e, man mano che parlavo, le parole uscirono con facilità. Raccontai loro dello spasimante che mi ero inventata, ma che era solamente parte della bugia più grande. Quando terminai il racconto, mi sentii davvero libera dalle menzogne.

«Hai fatto tutto questo per salvare la tua amica?» mi chiese Gabe.

Mi stavo guardando le dita, strette le une alle altre, ma di fronte a quella domanda sollevai lo sguardo su quello scuro di Gabe. «Ma certo. Non potevo semplicemente *abbandonarla* a quell'uomo.»

«No, a te piace salvare tutti,» rispose Tucker. «A prescindere da quale sia il costo per te.»

Intendeva mio fratello e come lo avevo salvato dall'incendio. La cicatrice.

«Aveva una pistola,» dissi, borbottando, pensando al signor Grimsby.

Non era stata la cosa giusta da dire. Tucker fece schioccare la mandibola. «Una pistola! Non è compito tuo salvare la tua amica. Da sola,» aggiunse.

«Perché non ce l'hai detto?» mi chiese Gabe.

«Perché non ve l'ho... Perché il signor Grimsby vi avrebbe uccisi!»

«Non pensi che siamo in grado di proteggere noi stessi e te, tesoro?» mi chiese Tucker.

«Io... semplicemente non volevo che vi faceste del male.»

Il pensiero che potesse succedere mi fece stringere lo stomaco.

Lui mi trafisse coi suoi occhi chiari. Una leggera brezza gli sollevò i capelli dalla fronte. Era così bello, così intensamente perfetto. «E perchè mai?»

«Perché... perché anch'io vi amo. L'ho sempre fatto.»

Tucker si erse in tutta la sua altezza e venne da me. Dovetti piegare indietro la testa per guardarlo. Era così alto, così imponente che dovetti chiedermi perchè avessi mai messo in dubbio le loro abilità. Lui mi tirò su per le braccia, mi attirò a sè e mi baciò. Avevo i piedi in aria, che penzolavano sopra l'erba, ma non mi importava. Avevo la bocca di Tucker sulla mia, calda e avida, che mi esplorava e... Dio, era perfetta.

Stringendogli le braccia al collo, mi aggrappai a lui, con la paura di lasciarlo andare.

Lui si ritrasse, poi mi rimise in piedi, ma mi trascinò con sè così da sedersi nuovamente sui gradini, questa volta con me in braccio.

«Sai perchè sono così protettivo nei tuoi confronti, tesoro?»

Feci spallucce contro la sua camicia. «Hai detto di amarmi.»

«Quello, sì.» Tucker grugnì, poi mi baciò sulla testa. «È arrivato il momento di raccontarti a mia volta una storia. Riguardo una ragazza di nome Clara. Mia sorella, molto tempo prima che mio padre sposasse la madre di Gabe. Prima ancora che io lo conoscessi proprio.»

Ad un certo punto, durante il racconto di Tucker riguardo alla sorella, Gabe si sedette accanto a noi, guardando la prateria e gli edifici in lontananza. Bridgewater.

Tucker mi fece piangere di nuovo prima di terminare il racconto, con quella povera bambina che non capiva che la gente era così cattiva. Non c'era da meravigliarsi che fosse tanto spietatamente protettivo.

«Capisci perché stavo dicendo la verità-»

«Noi, fratello,» aggiunse Gabe.

«Perché *noi* stavamo dicendo la verità quando abbiamo detto di non vedere la tua cicatrice? Noi ti *amiamo*. Lo facciamo da anni.»

Gabe rise. «Probabilmente da troppo tempo.»

«Allora non siete arrabbiati?» chiesi io.

Gabe mi ravviò i capelli dietro l'orecchio. «Arrabbiati? Con te?»

Annuii, mordendomi un labbro.

«Siamo furiosi per il fatto che ti sei messa in pericolo,» rispose lui.

«Delusi dal fatto che non hai creduto in noi abbastanza da sapere che non avremmo concordato con Masters,» aggiunse Tucker.

«Irritati dal fatto che non ci hai detto la verità.»

«Indignati dal fatto che sei scappata via da sola.»

La lista era lunga e loro continuavano ad aggiungervi voci, a turno.

«Ma ti amiamo,» ripeté Gabe.

Mi rilassai e lasciai finalmente andare il respiro che avevo trattenuto. Sentire quelle parole da parte sua, da parte loro, era come un balsamo per una ferita infetta da tempo. Mi guarì in modi che non mi sarei mai e poi mai immaginata.

Tucker si alzò con facilità, tenendomi tra le braccia nel mentre. Si voltò e risalì i gradini fino in casa. «Ma ciò non significa che non verrai punita.»

16

 ABE

Tucker portò Abigail su per le scale e nella sua camera da letto. Io li seguii, ma tenendomi un po' a distanza, per paura di potermi prendere un calcio visto quanto lei si stava dimenando.

«Mettimi giù!» esclamò.

«Volentieri,» ribatté Tucker, lasciandola cadere sul letto.

Lei rimbalzò e tornò su pronta ad alzarsi, ma noi ci mettemo a entrambi i suoi lati, bloccandola.

«Non voglio essere punita,» replicò lei, scostandosi i capelli dal volto. Era bellissima quando si agitava, ma ciò non ci avrebbe impedito di farle imparare la lezione.

«Io non volevo perdere dieci anni di vita vedendoti agitare una pistola di fronte ad un pazzo,» dissi.

«Io non volevo scoprire che ci hai tenuto nascosto un segreto così grande e pericoloso,» aggiunse Tucker.

«Io non volevo scoprire che fossi scappata quando hai origliato una cosa della quale avremmo potuto facilmente discutere.»

Tucker si incrociò le braccia al petto. «Io non volevo far sapere a tuo fratello di averti scopata da dietro.»

Le ultime parole di Tucker la fecero smettere di opporsi. Si accasciò sul letto, le spalle flosce, le guance arrossate.

«Ciò che hai fatto è stato pericoloso. Non solo pericoloso, letale,» disse Tucker.

«Stiamo parlando del fuggire via, del cavalcare fino a Butte da sola o dell'aver affrontato un folle?» chiesi.

Tucker sogghignò.

«Mi dispiace. Ora capisco che avrei dovuto dirvelo,» rispose lei docile.

«Che cosa?» le chiese Tucker.

«Tutto.»

«Non hai spaventato solamente i tuoi mariti.» Mi interruppi, attendendo che lei sollevasse lo sguardo su di me. Aveva le lacrime agli occhi. «Anche gli altri qui a Bridgewater erano preoccupati.»

«Hai mentito ad Ann,» disse Tucker, scuotendo la testa. «Quante menzogne hai detto, Abigail?»

«Troppe,» sussurrò lei, abbassando lo sguardo sulle dita che teneva strette in grembo.

«Come verrai punita, tesoro?» Tucker le sollevò il mento.

«Mi sculaccerete.»

«Esatto,» dissi io. «Sai come si fa.»

Tucker indietreggiò, in attesa. Alla fine, lei scese dal letto. La osservammo mentre si sbottonava l'abito e se lo tirava giù dalle spalle. Il resto dei suoi indumenti lo seguì.

Era eccitante vedere la sua pelle scoprirsi centimetro dopo centimetro e mi venne duro. Ma non ero pronto a scoparmela. Non ancora. Proprio come Tucker, anch'io avevo bisogno di sculacciarla, di prendermela in grembo e riassumere il controllo. L'avevamo perso nel momento in cui era scappata via. Diamine, non avevamo avuto proprio alcun controllo su di lei fino a quando non ci aveva detto tutta la verità.

Mi sistemai su un lato del letto, porgendole la mano. Con esitazione, lei mi diede la sua, minuta, ed io me la attirai in grembo, posizionandola così che avesse la testa vicino al pavimento, i capelli una matassa scompigliata che le nascondeva il viso. Le dita dei piedi toccavano a malapena le assi di legno e aveva il sedere puntato verso l'alto nella maniera perfetta.

«Ti piace quando ti scopiamo, Abigail?» le chiesi, accarezzandole la pelle setosa, per poi darle una bella sculacciata.

Lei si irrigidì, poi mormorò la propria risposta. «Sì.»

«Ti facciamo pressione, non è vero? Ti prendiamo con forza e tu lo adori.» *Sciaff*. «Perchè?» le chiesi.

Trasalì di fronte al potere del mio palmo, poi restò in silenzio per un istante. Quella era una punizione e non ci sarei andato leggero col suo culo. «Perché... perché so che vi prenderete cura di me. Mi farete stare bene.»

«Esatto, tesoro,» disse Tucker. «E per farlo, dobbiamo sapere tutto. E se facessimo qualcosa che a te non piace e tu non ce lo dicessi?»

Sciaff.

«Allora non mi sentirei bene. Potrei farmi del male.»

«Esatto,» risposi io, dandole un altro colpo. «Noi ci occupiamo di tutte le tue necessità. La tua felicità, la tua sicurezza. Non possiamo fare il nostro lavoro se non sappiamo tutto.»

«Non possiamo fare il nostro lavoro quando menti,» aggiunse Tucker.

Sciaff.

«Niente più menzogne,» dissi io.

Lei scosse la testa, i capelli che ondeggiavano sul pavimento. «Niente più menzogne,» ripetè.

Avevo finito di parlare. A quel punto la sculacciai, su tutto il sedere fino a quando non ci fu un solo punto che non fosse di un rosso acceso. Lei si irrigidì e cercò di divincolarsi, di usare una mano per coprirsi le natiche, ma io la afferrai e gliela tenni bloccata dietro la schiena. Non cedetti.

Tucker si accucciò vicino alla sua testa. «C'è qualcos'altro tra di noi, Abigail?» le chiese.

Non interruppi le sculacciate mentre attendevamo la sua risposta.

Alla fine, lei gridò, «No. Nient'altro.»

«Bene,» disse Tucker. «Allora finiamola con questa punizione così che possiamo scoparti. Farti finalmente nostra senza nulla a frapporsi tra di noi. Niente menzogne, niente segreti, niente ricatti.»

Tutto il corpo di Abigail si afflosciò a quel punto, arrendendosi alla punizione. Forse sapeva che avevamo bisogno di farlo, di assicurarci che sapesse quanto ci fossimo sentiti fuori controllo, quanto fosse stato doloroso e disperato non avere avuto idea di dove fosse. Forse sapeva che la sculacciata era catartica, purificatrice, e che una volta terminata, i torti sarebbero stati perdonati; sarebbe stato tutto relegato al passato.

Finalmente mi fermai, accarezzandole la pelle accaldata. «Altre dieci da parte mia, tesoro, poi avremo finito.» A quel punto Tucker la sculacciò così che sapesse che qualunque conseguenza sarebbe stata gestita da entrambi.

Quando avemmo finito, quando le sue lacrime ormai scendevano a dirotto, io me la sollevai in grembo. Nonostante sibilò al contatto del proprio sedere con le mie cosce, non si lamentò.

«Allarga le gambe,» le mormorai, baciandole i capelli.

Lei fece subito come le avevo chiesto.

Tucker le accarezzò la figa con le dita, incrociando il mio sguardo.

«Gocciola da quanto è bagnata.»

Grugnii, la strinsi a me nonostante lei strinse le cosce, imprigionando la mano di Tucker tra di esse. Quando si rese conto che era l'opposto di ciò che desiderava, le allargò di nuovo. Tucker sogghignò, si portò le dita bagnate alla bocca e le leccò per ripulirle.

«Forse non è stata poi una punizione. Non se ti ha resa tutta bagnata ed eccitata,» dissi.

Lei scosse la testa, scostandosi i capelli dal volto bagnato di lacrime. «Non mi è piaciuto.»

«Il tuo corpo dice il contrario. Ma sono felice che tu sia impaziente di averci. Riesci a sentire il mio cazzo?» le chiesi. Spostando i fianchi, premetti contro di lei. Il mio bisogno di averla non poteva essere celato.

Lei annuì.

«Vuoi i nostri cazzi?» le chiesi.

Annuì di nuovo.

«Entrambi? Insieme?» aggiunse Tucker.

Lei sollevò lo sguardo su di lui. «Intendi uno nella mia figa e uno nel... culo?»

Quasi venni nei pantaloni alla sua domanda.

«Sì,» ringhiò Tucker.

«Sì,» sussurrò lei.

Tucker fece un passo indietro ed io mi alzai, mi voltai e gettai Abigail sul letto. Mentre mio fratello si spogliava, io andai al comò per prendere il piccolo vasetto di vetro col lubrificante. Per quanto la sua figa gocciolasse abbondantemente, il suo culo necessitava di quel lubrificante in più per accogliere facilmente i nostri cazzi con solamente piacere. Per quanto avesse scoperto che le piaceva un po' di dolore durante una scopata, non sarebbe stato di quel genere.

Tucker salì sul letto, si sdraiò sulla schiena e si tirò Abigail sopra.

Le accarezzò i capelli scuri scostandoglieli dal viso quando ricaddero attorno a loro. «Non c'è più nulla tra di noi. Niente segreti. Nel giro di un solo minuto, non ci sarà nemmeno nulla tra i nostri corpi.»

Tucker a quel punto la baciò ed io la sentii gemere.

Lasciando cadere il vasetto sul letto, mi spogliai e mi unii a loro, accarezzandole la schiena.

«Sei tu che ci unisci, Abigail. Non possiamo essere una famiglia senza di te. Non possiamo essere una cosa sola senza di te.»

Lei sollevò la testa mentre le mani di Tucker si spostavano sui suoi fianchi, sollevandola così che si trovasse proprio sopra al suo cazzo.

«Cavalcami, tesoro.»

Mordendosi un labbro, Abigail si agitò un po' per allineare l'uccello di Tucker alla propria apertura, poi si calò verso il basso, prendendolo dentro in un'unica spinta pulsante.

La testa le cadde all'indietro, i capelli che le penzolavano lungo la schiena. Mentre io aprivo il vasetto e mi ricoprivo le dita di quella sostanza scivolosa, li guardai scopare. Quando Tucker la attirò nuovamente giù per un bacio, seppi che era il momento di prepararla. Posando le dita bagnate contro il suo piccolo ano, ne ricoprii l'entrata vergine di lubrificante, girando in circolo contro la pelle sensibile prima di spingervi lentamente un dito dentro.

Tucker continuava ad alzare e abbassare i fianchi, scopandosela con brevi movimenti mentre si baciavano, mentre io cominciavo a muovere il dito dentro e fuori dal suo culo stretto.

Lei trasalì e gemette di fronte a quell'intrusione, ma non protestò. Per questo, io aggiunsi con cautela un secondo dito, aprendoli dentro di lei per allargarla. Avevo il cazzo spesso e sarei andato molto a fondo, ma le dita erano una buona preparazione e m avrebbero assicurato che fosse ben unta dentro.

Quando ne aggiunsi un terzo, Abigail urlò il mio nome.

Sorrisi. «Ti piace?»

«Sì, ti prego,» mi implorò.

Dio, era così fottutamente sfrontata. Come avevamo mai fatto ad immaginarcela timida e intimorita quando si trattava di una cosa simile? Lei lo voleva. No, a giudicare dal modo in cui stava agitando i fianchi, ne aveva bisogno.

Urlò, quando io ritrassi le dita. «No!»

«Ssh,» le canticchiai, infilando le dita nel vasetto e ricoprendomi abbondantemente l'uccello di lubrificante.

«Non vedi l'ora, eh, tesoro?» le chiese Tucker, la voce roca. Sollevò le mani e le prese i seni, strattonandone i capezzoli duri.

«Tucker,» esclamò lei, spingendosi in avanti così da riempirgli i palmi.

Mettendomi in posizione, io mi afferrai l'uccello alla base e lo allineai col suo ano pronto e umido. Premendovi contro, lei si irrigidì, negandomi l'accesso.

«Rilassati,» le dissi, premendo pazientemente contro di lei. Si sarebbe aperta per me.

«Magari un pizzicotto?» domandò Tucker, un attimo prima di stringere la presa sui suoi capezzoli.

«Oddio,» esclamò lei.

«Si è appena bagnata di più,» commentò Tucker, pizzicandola di nuovo.

Ancora non aveva intenzione di cedere mentre le premevo contro.

«Che mi dici di questo?» chiese Tucker, abbassando il palmo sulla sua natica rossa. Non fu troppo forte, ma lei si irrigidì tra di noi. «Cazzo, mi ha appena stritolato l'uccello.»

«Non mi aiuterà ad entrarle dentro,» risposi io.

«Mmm,» commentò Tucker. «Allora che mi dici di questo?»

Seppi che le aveva toccato il clitoride quando abbassò la mano tra di loro. All'improvviso, tutto il suo corpo si rilassò ed io premetti di nuovo contro di lei. Lentamente, si aprì per me come un fiore, allargandosi sempre di più attorno alla punta del mio uccello. Grazie al lubrificante, ci volle solamente quel piccolo rilassamento per permettermi di entrare. Scivolai dentro, riempiendola con la punta del mio uccello.

Lei gemette prima di voltare la testa a guardarmi da sopra la spalla. Aveva un sottile velo di sudore a ricoprirle la pelle, le guance di un bel rosso acceso.

«Sì. Sono dentro.»

«Così piena,» replicò lei, e chiuse gli occhi quando io mi spinsi in avanti.

Era così stretta, più di qualunque cosa avessi mai sentito prima. Attraverso la sottile membrana che ci separava, riuscivo a sentire il cazzo di Tucker che si muoveva dentro e fuori di lei. Trovando un ritmo, me la scopai lentamente sempre più a fondo fino a quando non mi prese tutto. Solo quando ebbe accolto ogni centimetro del mio uccello mi fermai.

«Sei stata rivendicata, Abigail Landry,» le dissi, baciandole la spalla.

«Sei nostra,» aggiunse Tucker. «Non c'è nulla tra di noi.»

«Vostra,» mormorò lei, ed io mi concessi a mia moglie. Le diedi tutto.

17

 BIGAIL

MI STAVO FACENDO SCOPARE da entrambi i miei mariti. Insieme. Nello stesso momento. Non avevo Gabe nella bocca e Tucker nella figa. Mi stavano riempiendo figa e culo. Ero così piena da essere sopraffatta. Quegli uomini mi circondavano, mi riempivano, mi rivendicavano. Non c'era un solo centimetro tra di noi. Non nel corpo, non nella mente.

Erano miei. E io ero loro.

La sensazione di prenderli entrambi era così intensa. Mi sentivo allargata, usata, ma le sensazioni che mi suscitavano le loro attenzioni ne valevano la pena. Perfino il leggero bruciore nel venire così allargata da loro mi dava più piacere. Perfino il mio sedere formicolante e indolenzito. Ogni volta che Gabe muoveva i fianchi, mi colpiva la pelle sensibile. E quando Tucker mi prendeva i seni e mi pizzicava i capezzoli, non c'era un solo centimetro di me su cui non avessero il controllo. A cui non prestassero attenzione. Che non amassero.

In qualche modo, sapevano esattamente che cosa volevo, di cosa avessi bisogno, e me lo davano.

Prenderli entrambi a quel modo era proprio come aveva detto Gabe. *Io* ero quella che ci univa tutti e tre. Loro mi stavano rivendicando, ma io ero quella col potere.

Io ero al centro di tutto. Senza di me, loro non erano niente.

Capii a quel punto – mentre si muovevano dentro e fuori di me – che avevo bisogno delle loro punizioni quanto del loro amore, e che la loro attenzione, severa o meno, era solo perché mi amavano.

Potevano anche essere degli enormi bruti, ma avevano un cuore tenero ed io potevo ferirli forse perfino più facilmente di quanto avrebbero potuto fare loro con me.

Volevo quella sensazione, quel bisogno che avevo che loro durassero per sempre. Era la mia scelta. Avrei potuto essere com'ero in quel momento, tra di loro, ad unirli, a rivendicarli entrambi, o avrei potuto vivere da sola.

Sceglievo l'amore. Sceglievo il piacere. Sceglievo loro.

E così agitai i fianchi – non che potessi fare molto di più, impalata su due enormi cazzi – lasciando loro sapere che ero pronta per altro. Si stavano trattenendo ed io lo sapevo. Riuscivo a sentire che i loro desideri erano contenuti.

«Vi voglio. Entrambi. Non trattenetemi. Mostratemi che cosa c'è tra di noi.»

Entrambi si fermarono per un istante, poi mi presero. Mi scoparono. Gabe scivolò fuori quasi del tutto mentre Tucker spingeva i fianchi verso l'alto dentro di me. Poi invertirono le azioni, scopandomi in tandem.

Io non potei trattenere il mio piacere. Me lo stavano concedendo. Liberamente e felicemente. Era proprio lì affinchè me lo prendessi. E così, con un respiro profondo, io mi lasciai andare, mi arresi ad esso, a loro. Completamente. Il piacere mi scorse nelle vene, mi scaldò, mi sommerse. Mi inondò.

Urlai di piacere, i muscoli che si stringevano attorno ad entrambi, col desiderio di far loro sentire quanto fosse bello per me e per aiutarli a raggiungermi. Volevo tenermeli dentro, spremere il seme dai loro cazzi.

Funzionò, perché Tucker mi strinse i fianchi e venne, riempiendomi del suo seme caldo.

Gabe lo seguì a ruota, concedendomi ogni goccia del suo piacere a fondo nel mio ano.

«Sono vostra,» mormorai contro il petto di Tucker, troppo stanca per tenermi su. «Non c'è nulla tra di noi.»

Lui mi baciò la testa mentre Gabe faceva lo stesso con la mia spalla.

«Nostra.»

«Vi amo,» ripetei, sapendo che la verità era molto meglio di qualunque menzogna.

ISCRIVITI ALLA NEWSLETTER

Unisciti alla mailing list per essere informato per primo su nuove uscite, libri gratuiti, premi speciali e altri omaggi dell'autore.

http://vanessavaleauthor.com/v/db

L'AUTORE

Vanessa Vale è l'autrice bestseller di USA Today di oltre 60 libri, romanzi d'amore sexy, tra cui la famosa serie d'amore storica Bridgewater e le piccanti storie d'amore contemporanee, che vedono come protagonisti ragazzi cattivi che non si innamorano come gli altri, ma perdutamente. Quando non scrive, Vanessa assapora la follia di crescere due ragazzi e cerca di capire quanti pasti può preparare con una pentola a pressione. Pur non essendo abile nei social media come i suoi figli, ama interagire con i lettori.

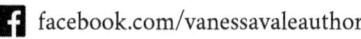 facebook.com/vanessavaleauthor
instagram.com/iamvanessavale

TUTTI I LIBRI DI VANESSA VALE IN LINGUA ITALIANA

https://vanessavaleauthor.com/book-categories/italiano/

www.ingramcontent.com/pod-product-compliance
Lightning Source LLC
LaVergne TN
LVHW011836060526
838200LV00053B/4048